Lügen werden wahr

Herbert Meurer

Lügen werden wahr

Roman

von

Herbert Meurer

Impressum

Mehr von Herbert Meurer

Auf die Patienten fertig los   ISBN 978-3-8423-6494-3

Als Hörbuch   ISBN 978-3-0003-4622-4

Genau hinschauen   ISBN 978-3-7386-5142-9

Bibliografische Information der Deutschen Nationalbibliothek:
Die Deutsche Nationalbibliothek verzeichnet diese Publikation in der Deutschen Nationalbibliografie; detaillierte bibliografische Daten sind im Internet über http://dnb.dnb.de abrufbar.

© 2019 Herbert Meurer

Umschlag: Annelie Meurer
Lektorat: Herbert Meurer

Herstellung und Verlag: BoD – Books on Demand, Norderstedt

ISBN: 978-3-7494-7925-2

MIX
Papier aus verantwortungsvollen Quellen
Paper from responsible sources
FSC® C105338
FSC
www.fsc.org

Inhaltsverzeichnis

1 ES BEGINNT 9

2 SCHAUKEL 11

3 ÜBERBLICK 19

4 FAMILIE 22

5 MUTTER 30

6 SCHAUKEL 39

7 ELTERN 41

8 HEPATITIS 49

9 ARZTKINDER 55

10 BEINBRUCH 56

11 PISTOLE 59

12 ES WIRD LEICHTER 73

13 ERPRESSUNG 74

14 MUTTER HEIRATET 79

15 STUDIUM BEENDET 85

16 ERKENNTNIS 89

17 NEUANFANG 90

18 DOPPELSPIEL 93

19 NEUES STUDIUM 100

20 SOHN 102

21 IRRWEG 109

22 WESTINGHOUSE 112

23 EINSAMKEIT 115

24 ERKENNTNIS 122

25 BÜHNE 123

26 SCHLUSS 129

27 RÜCKKEHR 134

28 BANDSCHEIBE 148

29 GROSSMUTTERS TOD 156

30 MACHT... 163

31 ABITUR 174

32 LICHT KOMMT NÄHER 184

34 AUSZUG SOHN.. 191

35 AUGUST.. 193

36 HERZ OP 193

37 AUSZUG MUTTER 195

38 LETZTE BEFREIUNG... 199

39 SCHAUKEL.. 201

1 ES BEGINNT

August Bachschup ging in sein Bett noch während das Fernsehspiel lief. Es war 23:28 Uhr. Richtig müde war er eigentlich nicht, nur fühlte er sich plötzlich eigenartig matt und konnte sich nicht mehr konzentrieren. Es fiel ihm schwer im Badezimmer seine tägliche, abendliche Prozedur der Körperpflege zu absolvieren. Er kam auch nur mit Mühe in seine Nachtwäsche. Als er endlich in seinem Bett lag, nutzte er sein bewährtes Verfahren, um einschlafen zu können.

In den letzten Jahren war es ihm immer schwerer gefallen in den Schlaf zu kommen. Seit vielen Nächten schon war Durchschlafen nicht mehr möglich und eine der schwierigsten Disziplinen, es sei denn August gönnte sich eine Schlaftablette. Längst gehörten die Zeiten der Vergangenheit an, wo er noch überlegte, welche Chemie er seinem Körper zuführen wollte. Nach einer, vor Jahren erfolgten Herzoperation musste er täglich wenigstens 7 Tabletten einnehmen, um ein einigermaßen störungsfreies Leben zu führen.

Sein bewährtes Verfahren in den Schlaf zu kommen war in seinem Bett liegend das Fernsehgerät einzuschalten und die Ausschaltautomatik auf 30 Minuten zu programmieren. Mehr als diese wenigen Minuten brauchte er erfahrungsgemäß nicht. Meist war er schon nach 15 Minuten eingeschlafen und im Reich der Träume angekommen. Allerdings barg dieses Verfahren eine Gefahr. Je schneller er einschlief umso wahrscheinlicher wurde die Möglichkeit durch das automatische Ausschalten des Gerätes wieder aufzuwachen. Geschah das, war an einen Schlaf überhaupt nicht mehr zu denken, dann lag August die ganze Nacht wach und grübelte vor sich hin.

Heute war alles etwas anders. Noch bevor er den Fernseher anmachen konnte, war er schon in einen matten, aber wohligen Dämmerzustand gefallen. Die Verwunderung und die damit verbundene Heiterkeit, die dieses Geschehen auslöste, konnte August nicht richtig einordnen, da er ohne irgendeine Vorwarnung eingeschlafen war. Er wusste nicht wie lange er geschlafen hatte als er mit Brustschmerzen aufwachte. Seine Zunge klebte am Gaumen fest, aber er hatte keine Kraft die Wasserflasche neben seinem Bett zu greifen, um daraus zu trinken. Er lag fast leblos auf dem Rücken und spürte diese stechenden, krampfartigen Schmerzen in seiner Brust. Auch das Nitrospray in seiner Nachttischschublade konnte er nicht erreichen, da er durch die heftigen Brustschmerzen so gut wie bewegungsunfähig war. August rief nach seiner Frau, die in ihrem Zimmer schlief, ein Umstand der für ein über 40 Jahre verheiratetes Ehepaar auch als normal bezeichnet werden konnte, wenn man über ausreichend Platz verfügte. Nach wie vor liebte August seine Frau und diese Liebe wurde von ihr erwidert. Der Hilfeschrei von ihm war ohne Kraft und dadurch leider stumm. Die von ihm erlebte Lautstärke spielte sich nur in seinem Kopf ab. August war aber dennoch hellwach. Er hatte das Gefühl so klar zu sehen, so direkt zu empfinden wie noch nie in seinem Leben. So kam es dann auch, dass er plötzlich viel Zeit zu haben glaubte, und die Schmerzen einer Erinnerung Raum gaben. August raste in einem Höllentempo durch seine Vergangenheit. Diese Geschwindigkeit ließ ihn auch den Druck auf seiner Brust vergessen. Es irritierte ihn nicht, dass seine Frau nicht auf sein Rufen reagierte. Es fiel ihm auch nicht auf das dieses Verhalten völlig untypisch für sie war. Er war extrem auf sich fixiert und ließ sich durch nichts ablenken.

2 SCHAUKEL

Im sanften Abendlicht der untergehenden Sonne saß der kleine August auf einer Schaukel im elterlichen Garten. Vergangen war ein wunderschöner Sommertag und die Beinchen, die aus der kurzen Lederhose herausschauten, brannten vom tagsüber erlebten Sonnenlicht. Seine kleinen Hände umfassten fest die rechts und links vorhandenen Seile. Er drückte den in der kurzen Lederhose steckenden Kinderpopo fest auf das Holzbrett. Die von der Sonne rötlich gefärbten Beinchen zeigten gestreckt nach vorne, schwangen hoch hinauf in den Himmel, dann aber gleich wieder nach hinten, weil sie unter die Sitzfläche geschwungen wurden. So nahm August Geschwindigkeit auf und flog dem Himmel entgegen. Immer näher, immer schneller und immer höher. Erst als er seinen Po nicht mehr auf der Sitzfläche halten konnte und auf dem Holz herauf und herunter hüpfte, gab er das Tempomachen auf und ließ sich einfach nur noch schwingen, berauscht von einem einzigen Gedanken. Mit jedem Schwung, der ihn vor und zurückführte, spürte er sein überschäumendes Herz rufen: „Ist das Leben nicht schön!" Dieses Gefühl erfüllte ihn ganz und gar, und jedes Mal, wenn er nach oben schwang, konnte er die untergehende Sonne hinter dem Dachfirst sehen. Schaukelte er zurück, lagen alle Etagen des Elternhauses vor seinen Augen, bis er nur noch die Erde sah, um dann wieder beim Vorwärtsflug die Fassade des Hauses zu verfolgen, damit er das von der untergehenden Sonne verfärbte, rötliche Blau des Himmels sehen konnte. Das war sein Highlight. Er wusste nicht, dass diese gerade so heftig erlebte Emotion ihn einen großen Teil seines Lebens begleiten sollte. Sein Zwillingsbruder Günter war schon im Haus, und August hatte den ganzen Garten für sich alleine. Es war ein großes Haus, ein Gebäude mit drei Geschossen, bestehend aus Wohnungen und Büros. Eine breite Zufahrt mündete auf der linken Seite in einen gewaltigen Hof und führte von dort zu 2 riesigen Fabrikhallen. Einige kleinere Hallen säumten den Weg zu den Fabriken. Auf der anderen Seite des Hauses, also rechts befand sich eine Tankstelle. Dahinter boten fast 100 Garagen ebenso vielen Autos Platz. Direkt hinter dem Wohn- und Bürogebäude, zwischen dem Haus und den Fabriken gab es einen Garten mit Hühnerhaus, Sandkasten, Obstbäumen und einen Taubenschlag. Die erwähnte Schaukel stand nur wenige Meter vor der Erdgeschossveranda, aber noch vor dem Sandkasten. Für ein Kind von gerade mal 4 Jahren ein wirklich wundervoller Spielplatz, bedachte man die Zeit, in der August das erleben durfte. Es war kurz nach dem 2. Weltkrieg, und rundherum lag vieles, wenn nicht alles in Schutt und Asche. Nur hier schien nichts zerstört zu sein, von kaputten Fenstern, Türen sowie kleineren Bombenschäden einmal abgesehen. Es war eine intakte Oase inmitten einer wieder zum Leben erwachenden, zerstörten Öde. August und sein

Bruder Günter wuchsen in diesem kleinen Kosmos auf, erlebten täglich die sich neu entwickelnde Welt nach den Schrecken der Vergangenheit. Der Betrieb in der Fabrik, in den Büros trug natürlich dazu bei. Sah man einmal davon ab, dass Günter, sein Zwillingsbruder über ein Jahr in einem Sanatorium für Lungenkranke gewesen war, so verliefen doch die ersten Lebensjahre der beiden Brüder eigentlich problemlos. Nur die Familienverhältnisse überschatteten ihre Jugend. Der Fabrikant und Gründer der Fabriken August Regnaz war der Großvater der beiden Jungen, mütterlicherseits. Er verstarb 1944, und die Zwillinge kannten ihn nur aus Erzählungen, da er vor ihrer Geburt gestorben war. Natürlich war durch den Krieg ein großer Teil seines erarbeiteten Vermögens verloren gegangen. Aber die noch vorhandenen Immobilienwerte, die tägliche Arbeit von vielen Menschen in der Fabrik und der Wiederaufbau machten August und seinen Bruder glauben, wohlhabend zu sein. Unterstützt, gefördert und bestätigt wurde diese Auffassung vor allem durch Helene, die Mutter, die eine längst vergangene, einflussreiche, wohlhabende Zeit nicht vergessen konnte. Sie erlebte nach wie vor das Dasein einer reichen Fabrikantentochter, nur ohne Bedienstete und die Privilegien einer hochgestellten Persönlichkeit. Die Arbeit am Erhalt der Fabrik, demonstrierte und bestätigte den Zwillingen eine Existenz ohne Mangel. Vor Allem aber zeugten die täglichen Aktivitäten im Bereich des Unternehmens von einer immensen Macht. In diesen ersten Lebensjahren aber hörte August von seiner Mutter nicht nur wie sich das Leben in einem Unternehmerhaushalt abgespielt hatte, er erfuhr auch viel von seinem Vater und auch von seiner Großmutter. Hermann Bachschup bezeichnete sie als Miststück. Er soll die Tochter des verstorbenen Fabrikanten nur in der Absicht geheiratet haben, sich auf diesem Wege in die Geschäftsleitung der Fabrik zu bringen. Das war ihm aber nicht gelungen. Deshalb zeigte er schon bald nach der Hochzeit kein Interesse mehr an seiner Ehefrau. Er machte sie dafür verantwortlich, dass er in der Fabrik nicht das Sagen hatte. Als gelernter Kaufmann war er nicht angestellt worden, weder in der Geschäftsführung noch im normalen täglichen Bürobetrieb. Es kam ihm jedoch nicht in den Sinn, dass dies vielleicht seiner fachlichen Inkompetenz zuzuschreiben gewesen wäre. Er war so gut wie nie zuhause und August hörte täglich, dass sich sein Vater mit anderen Frauen herumtrieb. Die Zwillinge führten ein Leben ohne Vater, aber mit einer frustrierten, tonangebenden Mutter an der Seite. Wenn Papa aber einmal zuhause war, kümmerte er sich nicht um ihn und seinen

Bruder. Seine häusliche Beschäftigung bestand ausschließlich darin seinen enormen Frust los zu werden. Jetzt, im Bett liegend erinnerte sich August an den ewigen Streit zwischen seinen Eltern. Ganz deutlich hörte er ihre Stimmen. Sein Vater liebte seine Mutter nicht, er hasste sie, er schrie sie an, bezeichnete sie als Lügnerin, als Betrügerin und verletzte sie nicht nur mit Worten sondern auch mit Schlägen. Seine Mutter wehrte sich ebenfalls körperlich, schrie zurück und goss noch Öl in das Feuer der Auseinandersetzung. Sie bezeichnete ihn als tumben Bauernbengel, als kleines Licht, unfähig Karriere zu machen und als verantwortungslosen Vater - als ein Nichts. Dadurch wurde die körperliche Gewaltanwendung durch den Vater gefördert und Mutters Schmerzschreie nahmen an Lautstärke zu. Aber auch ihre Abwehr, ihre Angriffsattacken nahmen an Heftigkeit zu. August zog an der Decke, um sie über die Ohren zu ziehen. Er wollte das nicht wieder hören. Wenn sein Vater nach solchen Krächen verschwunden war, versank seine Mutter in melancholischer Depression und hatte es ‚an den Nerven'. So nannte sie es, nicht ohne dabei trocken zu weinen. Zu jener Zeit begann sie sich als alleinerziehende, um das Leben ihrer Zwillinge kämpfende Frau darzustellen. Das machte sie in der Umwelt zu einer bewundernswerten Frau. August war zu diesem Zeitpunkt 2 Jahre alt. Er hörte immer wieder seine Mutter erzählen, wie sie von der ganzen Familie betrogen und hintergangen wurde. Die Betrüger waren Hermann, ihr Ehemann und auch Katharina, ihre Mutter. Die Oma von August hatte der Erzählung nach ihrer Tochter um das Erbe betrogen. August flüsterte die Worte leise vor sich hin, Worte, die er immer wieder von seiner Mama gehört hatte: „Mein verstorbener Vater hält seine schützende Hand über mich, er zieht alle, die mir Unrecht zufügen zur Verantwortung und straft sie beizeiten! Das gilt nicht nur für mich, sondern auch für euch Kinder, denn euer Opa passt auf uns auf!" Mit erst 2 Jahren lernte August eine Mutter kennen, die ungeliebt, verraten und alleingelassen war, alles wegen ihrer ständigen Hasstiraden. Ihr Leben bezeichnete sie als eine Qual, hatte sie sich doch alleine um 2 Kinder zu kümmern, und es half ihr niemand dabei, was sie stets betonte. August und sein Bruder Günter hatten früh eine frustrierte, enttäuschte und überlastete Frau als Mutter und sahen sich als Mitverursacher der Misere, da sie in den Klagen der Mutter vorhanden waren. Mutter verfügte über kein eigenes Einkommen, erhielt kein Geld von ihrem ‚Ehemann' und war abhängig von den finanziellen Zuwendungen ihrer Mutter, die alleine über das Erbe des Vaters verfügte. Durch Großmutters Großzügigkeit mangelte es den Kindern an nichts. Augusts Mutter wurde 1925 geboren und trug den Geburtsnamen eines Mannes, der zu dieser Zeit mit der Oma verheiratet war. Nach der Geburt lebte sie 9 lange Jahre in seinem Hause und nannte ihn Vater. Ihren Erzeuger aber, den Fabrikanten bezeichnete sie in diesen Jahren mit Onkel August. Erst nach der Scheidung und durch die Eheschließung ihrer Mutter mit dem Fabrikanten im Jahre 1934 konnte sie im Haus des leiblichen Vaters wohnen. Jetzt nannte sie ihn Vater und den anderen Mann, den Geburtsnamengeber Onkel. Mit seinen 2 Jahren schon, erfuhr August, dass seine Mutter diese 9 Jahre ihres Daseins als das erste an ihr begangene Verbrechen bezeichnete. Das war der erste Frevel, der ihr mütterlicherseits angetan wurde. Den Fabrikanten, ihren heißgeliebten Vater hielt sie immer aus diesen Vorwürfen heraus. August erlebte diese Momente echt, rasant, schnell und deutlich. Er empfand diese Zeit genauso wie der kleine Junge damals. Er hörte das Geschrei der Eltern, sah, wie sie auf einander losgingen, hatte wie damals Angst und zog sich zitternd unter die Bettdecke zurück. August musste nach solchen Exzessen die Mutter streicheln, die blutend und heulend um Liebkosungen buhlte. Günter kraulte sie ebenfalls auf der anderen Seite, neben der Mutter liegend. Sie hatte sich zwischen ihre Zwillinge gelegt, um diese Streicheleinheiten empfangen zu können. August flüsterte wieder die Worte, die seine Mutter weinend schluchzte: „Krabbele mich ein bisschen, das tut der Mama gut!" Er weinte dabei, weil seine Mutter so unglücklich war, sein Bruder tat das auch. Jetzt im Bett liegend heulte er wieder, schmeckte und spürte das Salz seiner Tränen wie vor vielen, vielen Jahren. Seine faltige Hand versuchte die Nässe wegzuwischen.

3 ÜBERBLICK

Die Großmutter der Zwillinge lebte das Leben einer Fabrikantin. Die Oma war von Geburt an vermögend. Sie stammte auch aus einer Fabrikanten-Familie. Durch das Erbe, eine noch reichere Frau geworden, residierte sie auf der Belle Etage ihres Wohn- und Bürogebäudes.

Ihre Tochter dagegen war mittellos und wohnte mit ihren Zwillingen mietfrei, direkt daneben. Später zog sie in eine Erdgeschosswohnung darunter, gleich angrenzend an die Büros der Fabrik. Sie lebte ausschließlich von den Zuwendungen ihrer Mutter und damit in großer finanzieller Abhängigkeit von ihr. Oma versorgte ihre Tochter wie auch ihre Enkel so großzügig, wie die laufenden Geschäfte es zuließen. Als Fabrikantin fuhr die Großmutter in einem der erstgebauten Nachkriegscabriolets zu Terminen. Am Wochenende wurde dann auch die Tochter mit ihren Kindern durch die Gegend chauffiert. Wieder vernahm August die verbitterte, traurige Stimme seiner Mutter: „Mit diesem, von meinem Vater erarbeiteten Wagen gondelt die Alte täglich ihren Liebhaber durch die Stadt. Das braucht sie nun nicht mehr heimlich zu machen! Sie muss jetzt auf nichts und niemanden mehr Rücksicht nehmen! Auch nicht auf mich! Nur durch den Tod meines Vaters kann sie so leben!" August hörte das ganz klar und genau so deutlich wie in seinem jungen Leben damals. Er zitterte, als er wieder das damalige Gefühl der Verunsicherung spürte. Was sollte er mit solchen Aussagen anfangen? Er liebte doch seine Oma, die immer gut zu ihm war, ihn herzte, mit Spielzeug verwöhnte und ihn auch mal auf den Schoß nahm. Die Erinnerung signalisierte ihm, dass er sehr unter den Umständen zwischen Mutter und Tochter gelitten hatte. Solange August denken konnte, kannte er nur eine Mutter die mit ihrer Mutter größte Probleme gehabt hatte. Sie ließ kein gutes Haar an ihr, und sie beschimpfte und verunglimpfte sie immer wieder. Jedem erzählte sie, dass ihre Mutter ein Biest wäre, sie aber keinerlei Möglichkeiten hätte, sich gegen dieses Monster zu wehren. Hier erkannte August zu ersten Mal Hass. „Diese Bestie verfügt über mein Vermögen! Sie hat sich mein Erbe unter den Nagel gerissen! Mit meinem Geld kann sie sich das alles leisten! Mein Vater schlüge sie tot," posaunte sie immer wieder stimmgewaltig in die Welt hinaus, ob man es hören wollte oder nicht. In Schwung gekommen, fuhr sie dann fort: „Außerdem glaubt sie von ihrem Liebhaber, einem Juristen geehelicht zu werden, obwohl der längst verheiratet ist. Dieser Kerl wird meine Mutter niemals zum Traualtar führen! Der hat doch eigene Kinder! Staatsanwalt ist dieser Drecksack, und als solcher muss er Regeln einhalten! Ein Verhalten, das Kinder vaterlos macht, kann der sich nicht erlauben! Eine Scheidung und eine Neuheirat würden seiner Karriere schaden und sie zerstören! Dieses Schwein ist nur darauf aus, mein väterliches Vermögen an sich zu reißen und es zu verprassen! Mehr will dieser Lump nicht! Die Alte ist auch noch so blöd zu glauben, da wäre Liebe im Spiel," war immer wieder die vorletzte Reminiszenz, die Augusts Mutter in diesem Zusammenhang von sich gab, natürlich immer nur, wenn die Beschuldigten nicht anwesend waren. Ihre letzte Ausführung zu diesem Thema lautete stets: „Aber ich muss mich fügen, schon alleine der Kinder wegen!" Hierbei warf sie immer den Kopf in den Nacken, formte die Lippen zu straffen Muskeln und nickte als Bestätigung. Die ständigen

Beschuldigungen brachten August dazu, Angst vor der Großmutter zu bekommen, und dadurch wurde auch seine Liebe zu ihr erschüttert. So langsam manifestierte sich aber auch der Gedanke, Schuld an der Situation der Mutter zu haben, einfach, weil er da war. Ohne ihn und seinen Bruder ginge es der Mutter mit Sicherheit besser.

August warf seine Beinchen nach oben, den Oberkörper nach hinten, lag jetzt waagerecht auf dem Schaukelsitz und war voll des Glückes. ‚Ist das Leben schön' schrie es immer wieder aus ihm heraus und er hatte das sichere Gefühl, dass es immer so bleiben würde. Schön, dass es zu dieser Zeit die Schaukel gab, den Ort, der es zuließ, aus dem beklemmenden Alltag zu entweichen.

4 FAMILIE

Hermann Bachschup, der Vater von August und Günter kam aus einem 100 Seelen Ort im Hessischen. Dessen Eltern betrieben dort einen kleinen Bauernhof, wie alle anderen Dorfbewohner auch. Hermanns Vater, Wilhelm Günter musste als Schuster noch dazuverdienen, da der Hof die Familie nicht ausreichend ernährte. Er machte im Ort die Schuhe wie auch die Lederarbeiten, die in der Landwirtschaft für Kuh- und Pferdegespanne anfielen. Die Familie kam so ganz gut über die Runden, in der

Nachkriegszeit dann aber sehr gut. Die Bauern hatten sich finanziell viel schneller erholt als die Städter. Ihr Besitz, ihre Felder und ihre Ernte waren viel mehr wert als die mühselig verdiente, immer weniger akzeptierte Reichsmark.

Dieses hessische Dorf war auch der Geburtsort von August Regnaz, dem Großvater der Zwillinge. Hier wurde er 1875 geboren und hier verstarb er am 23. November des Kriegsjahres 1944. Die letzten 6 Monate seines Lebens verbrachte der Kölner Fabrikant in diesem kleinen, aber sicheren Ort. Da seine Fabriken in Köln nach wie vor mit Volldampf für den Endsieg produzierten, waren seine Produktionsstätten für ihn und seine Familie zu einem noch gefährlicheren Standort geworden. Die ständigen Bombenangriffe machten ihm Furcht, und diese Lebensangst veranlasste ihn, Köln zu verlassen. Das war ihm möglich, weil er über Grundbesitz in seinem Geburtsort verfügte. Dazu gehörte ein Bauernhof, ein Jagdrevier mit großem Waldbestand und ein Jagdhaus. So konnte August Regnaz sich und seine Familie aus dem immer heftiger werdenden Bombenhagel in Köln heraushalten.

Der kleine August war nach ihm benannt, und deshalb war der Opa auch das große Vorbild für den Jungen, obwohl er ihn nur aus Erzählungen kannte.

Sein Opa hatte den ganzen Krieg über als kriegswichtiger Unternehmer in seinen Fabriken für den Endsieg produziert. So nannte man das damals im 1000-jährigen Reich. Geld war also immer in Hülle und Fülle vorhanden. Fabrikant August Regnaz konnte es sich erlauben, pro-Forma der NSDAP anzugehören, war mutig genug, Juden zu verstecken, und Menschen durch einen Arbeitseinsatz in seinen Fabriken vor dem Einsatz an der Front zu schützen. Das alles erfuhr der Enkel August aus Erzählungen seiner Mutter. Die nämlich sah sich als einzigen Liebling und als alleinige Vertraute ihres Vaters. Sie selbst bezeichnete sich immer als dessen Augapfel und ließ deshalb ihren Sohn August wissen, dass er genau wie sein Großvater wäre. Das machte den kleinen Mann stolz und für sich selbst zu einer ausgesprochen wichtigen Person.

Sein Zwillingsbruder Günter war nach dem Großvater, dem Bauer und Schuhmacher väterlicherseits benannt und hatte dadurch nicht so gute Karten, wie sie August in den Händen hielt. Alles, was in der elterlichen Ehe der Zwillinge schief ging, wurde Günter zugeordnet, trug er ja schließlich den Vornamen des Großvaters, der den missratenen, eigenen Vater gezeugt hatte!

Als hätte Günter das gespürt, begab er sich nach der Geburt schnellstens in die Abhängigkeit einer Krankheit, erkrankte an Tuberkulose und suchte damit geachtete Aufmerksamkeit. Er war der Erstgeborene, legte bei seiner Geburt August noch schnell die Nabelschnur um den kleinen Hals und würgte ihn fast zu Tode. Trotzdem kam August als Zweiter auf die Welt, wenn auch 10 Minuten später. Er wäre dabei fast erstickt und war von oben bis unten blau angelaufen. Sein irdisches Leben begann deshalb mit einer Reanimation. Mit einer Kampferspritze in seinem winzigen Herzchen, aber schon mit dem beschriebenen Lebensgefühl von der Schaukel in sich, entschloss sich der kleine August dort zu bleiben, wo er war, nämlich auf dieser wunderschönen Erde. Sich zum Leben bekennend, war er auch wegen des versuchten Mordanschlages seinem Brüderchen nicht gram. August und Günter waren zweieiige Zwillinge, deshalb auch nicht gleich, sondern unterschiedlich. Für die Mutter der Kinder lag folglich von Anfang an nichts näher als festzulegen, dass August der Gute, Günter aber der Schwierige war. Die Aufgaben- und Rollenverteilung für das kommende Leben war somit klar geregelt!

Günter kam wegen seiner Lungenerkrankung in ein Sanatorium und musste dort ein Jahr seines beginnenden

Lebens verbringen. August hingegen, bei der Geburt zwar gewürgt, verbrachte das Leben zuhause auf dem Fabrikgelände. Tagtäglich konfrontierte man ihn mit der Hauptperson in der Familie, mit dem abwesenden Günter, dem armen, kranken, im Sanatorium lebenden Brüderchen. Sich Sorgen, um das kranke Kind zu machen, gehörte natürlich zu den ersten Aufgaben einer Mutter. Augusts Mutter bekam durch dieses Leid eine ganz andere Geltung in der Gesellschaft, einen Wert, den man gegen Ehemann, die übrige Welt und die eigene Mutter einsetzen konnte. August stand dadurch immer in der zweiten Reihe und ständig hinten an. Seine Mutter setzte einfach voraus, dass er begriff, die zweite Geige spielen zu müssen, war er doch der eingeteilte Gute. Sie beide mussten am gleichen Strang ziehen, und Mutter brauchte einen in der Welt anerkannten Wert.

So wurde August zu einem Erwachsenen, obwohl er noch ganz klein war. Günter kam ein Jahr später nach Hause. Für ihn stand jetzt ein Tretauto aus Blech zur Verfügung, August hatte dagegen nur ein Holzdreirad. Beides hatte die Oma gekauft. Ohne dass irgendjemand aus der Familie Günter verraten hätte, dass er wegen der überstandenen Krankheit zuhause Heimvorteile genoss, wusste Günter diese sofort zu nutzen. Alle gaben nach, Mutter, Bruder, Oma und auch Vater, wenn er denn mal involviert war.

So entstand eine Familie, in der die Berufungen klar festgelegt und die Aufgaben genau verteilt waren. Oma war das Biest, Vater der Schweinehund, der Staatsanwalt ein Dreckschwein, die Zwillinge die armen Geschöpfe, die es galt, groß zu ziehen und die Mutter eine Heldin, die heroisch alles meisterte und erduldete. August aber avancierte zum Beschützer dieser Heldin und das erklärte sich so:

Die Mutter der Kinder kämpfte für sich und die Zwillinge, nicht nur um sich Wert zu verschaffen, nein, auch aus der Angst heraus, etwas falsch zu machen, um nicht deswegen von dem auf dem Papier noch existierenden Ehemann und Vater der Zwillinge zur Rechenschaft gezogen werden zu können. Augusts Mutter war in diesen Jahren eine junge, mittellose Frau, hatte mit 21 Jahren die Kinder geboren, zu einer Zeit, wo buchstäblich kein Stein mehr auf dem anderen stand. Die Zeit bis zu ihrer Ehe aber hatte sie, laut sich ständig wiederholenden Erzählungen als reiche, vom Vater verwöhnte Tochter verbracht.

Ein Erbe hatte sie nicht erhalten. Gemäß Testament wurde ihre Mutter 1944 die Alleinerbin und brauchte jede Mark für die weiter zu führende Fabrik ihres verstorbenen Mannes, das Cabriolet, den Liebhaber, die Reisen und das, was eben auf dem Weg ins Wirtschaftswunderland noch so alles anfiel. Oma war mit Recht der Meinung, dass der Vater der Zwillinge Geld abzugeben hatte, damit seine Familie leben konnte. Es reichte schon, dass ihre Tochter, deren Ehemann und die Enkel kostenfrei und luxuriös unter ihrem Dach wohnen konnten. Augusts Vater aber gab kein Geld zuhause ab, obwohl das bitterlich nötig gewesen wäre. Um den Lebensunterhalt für sich und die Kinder zu erwirtschaften, übernahm Augusts Mutter bei ihrer Mutter Arbeiten, ähnlich wie die einer Domestikin. Damit waren Ernährung und Unterhalt abgesichert, in einer Familie, in der der Vater nichts zum Unterhalt beisteuerte. Dienstboten waren zwar im Hause der Oma vorhanden, aber diese standen in erster Linie den auf der Belle Etage Lebenden zur Verfügung. Diese Familie gehörte schließlich zu den etablierten Privilegierten. Deshalb sah auch das in der ersten Etage beschäftigte Personal hin und wieder nach den nicht zur Belle Etage gehörenden Bewohnern. Nach außen hin mussten die Tätigkeiten ihrer Tochter verschwiegen werden. An diese Vorschrift hielt sie sich aber nicht. Sie erzählte jedem, was sich zuhause abspielte und wie sie schuften musste, um mit ihren Kindern zu überleben. Durch ihre Darstellung der Lebensumstände wurde sie mit ihren Zwillingen bei den Zuhörern zu noch ärmeren, bemitleidenswerteren Geschöpfen. Für Augusts Mutter gab es aber als Bonus noch eins obendrauf. Sie glaubte eine vermeintliche Steigerung ihrer Wertschätzung zu erfahren. Diese bestand darin, sich feiern zu lassen. Sie war ein armes hintergangenes, die ganze Last auf den Schultern tragendes Geschöpf, und die Oma war nun definitiv öffentlich als schindende Bestie entlarvt. Das störte die aber nicht, denn sie ignorierte es und maß den Aussagen keine Bedeutung bei, weil sie ihre Tochter kannte.

August sah zu dem Besuch der Mutter auf. Sauber gewaschen, ordentlich angezogen und die Haare mit einer Klammer festgehalten, hielt er sich am Bein der Mutter fest. Sie führte nach intensiven Gesten und unendlichen Wortkaskaden die Hände auf die rechts und links von ihren stehenden Kindern und drückte sie. Ihr Schimpfen war August in Fleisch und Blut übergegangen, denn er hörte es schon nicht mehr bewusst. Die Kommentare der Zuhörer hallten jedoch in seinem Kopf und bekräftigten seine Auffassung, die Mutter beschützen zu müssen.

„Das hast Du nicht verdient!" „Mein Gott, das ist ja schrecklich", „Ich wüsste nicht, ob ich das ertragen könnte", „Kann denn niemand der Alten das Handwerk legen?", waren einige der Reaktionen auf die Geschichten seiner Mutter. Erst als August ihr Weinen hörte, drückte er sich, jetzt selbst heulend, noch fester an ihr Bein und bemerkte, dass sein Bruder schon das andere Bein fest umklammerte. Der war der einzige, der nicht flennte, aber seine großen Augen führten den Blick auf den Besuch, der sich anschickte, die Wohnung zu verlassen. Aber auch er sah nicht glücklich aus, hatte jedoch den Vorteil, sich besser im Griff zu haben.

5 MUTTER

Augusts Mutter wurde 1925 geboren als Tochter der Eheleute Walter und Katherina Mannklein. Die Großmutter von August war zu dieser Zeit schon viele Jahre mit Walter Mannklein verheiratet. Erst 1934 heiratete sie August Regnaz und wurde seine Frau, nachdem sie sich von Walter Mannklein hatte scheiden lassen. Augusts Mutter aber, war Helene Mannklein und blieb das auch nach der Hochzeit ihrer Mutter. Erst nach der Eheschließung, im Alter von 9 Jahren erfuhr sie von ihrer Mutter, dass August Regnaz ihr leiblicher Vater war.

Bis dahin hatte die aufwachsende Helene Herrn Mannklein mit Vater, den Fabrikanten Regnaz aber mit Onkel August angeredet.

Augusts Mutter verbrachte ihr junges Leben bis zum Jahre 1934 bei den Mannkleins oder ihrer Großmutter mütterlicherseits. Im Jahre 1934 wechselte sie dann in das Haus des Unternehmers und lebte unter seinem Dach. Ihre

Familie bestand nun aus einem, vom Onkel zum Papa gewordenen Mann, der schon 2 Söhne hatte, einem für sie nicht mehr vorhandenen Vater, der jetzt Onkel war, aber für sie nicht mehr existierte und ihrer Mutter und der dazugehörenden Familie.

August wurde sehr früh darüber informiert, dass die Ehe seiner Großeltern die Hölle gewesen sein muss. Das lag vor allem an seiner Oma, die ihre Tochter dafür verantwortlich machte, dass die Zeiten als kinderloses Paar der Vergangenheit angehörten. August lernte beizeiten aus den Berichten der Mutter, wie sehr der neue, biologische Vater seine Tochter verwöhnte. Genauso intensiv erfuhr er aber auch, wie Oma ihre Tochter drangsalierte, sie rund um die Uhr aus Rache prügelte, weil sie nicht mehr der Mittelpunkt in der ehelichen Gemeinschaft war. Ihr Mann kümmerte sich intensiver um die Tochter als um seine Frau. Omas Leben war laut Aussage der Mutter durch die Anwesenheit der Tochter verpfuscht. August musste mit der Information leben, dass seine Mutter die Schuld an Omas verpfuschten Leben trug! Seine Großeltern sollen sich zutiefst gehasst haben, und es soll ständig Krach wegen der Tochter gegeben haben. „Ich bin oft dazwischen gegangen, wenn mein Vater meine Mutter verdroschen hat, nur weil sie mich wieder so schlecht behandelt hatte. Wäre ich nicht dazwischen gegangen, mein Vater hätte sie totgeschlagen! Sie hat mir leidgetan, obwohl sie es verdient hatte." Auch das waren Geschichten für die Öffentlichkeit.

August starrte an die Decke und merkte, wie aufgeregt er war. Wie viele Jahrzehnte war das her? Er wusste zum ersten Mal in seinem Leben nicht, was er von all diesen Erinnerungen halten sollte. Vielleicht waren diese Ereignisse, die ihn so geprägt hatten, im Kopf seiner Mutter entstanden! Geschichten, die sie erfand, um geliebt zu werden, um sich wichtig zu machen, um Aufmerksamkeit zu erlangen, um Wert zu kriegen! Möglicherweise war sie ein ganz unsicherer, um Liebe buhlender, tief in der Seele verletzter Mensch, der sich mit solchen Geschichten in eine Illusionswelt verirrt hatte.

Der Mensch versteht Geschichten mit Emotionen am besten, denn Gefühle schalten den Verstand aus. Man kann mit Emotionen auch leichter manipulieren. Hier waren es blanke Eifersucht, angenommene und abgelehnte Liebe, Armut und Reichtum, Brutalität, Hass, Macht, die Geschichte eines Aschenputtels, einer bösen Mutter, eines schützenden Vaters, oder war es der Hilfeschrei einer verzweifelten Frau, die sich nur als Opfer sehen konnte. Vielleicht stimmte überhaupt nichts, möglich war es auch, dass nur Teile stimmten. Wie viele konnte August noch nicht beurteilen. Augusts Mutter wurde unmittelbar nach der Hochzeit in ein Internat abgeschoben, weil im Fabrikanten Haushalt keine Zeit für sie war. Später litt sie unter der traumatischen Erinnerung nie am Wochenende besucht, geschweige denn abgeholt worden zu sein. Nur in den Ferien wurde sie nach Hause zurückgeholt. Wie lange sie in dem Internat war, wusste August nicht. Es war ihm aber klar, dass die Internatszeit das Zusammenleben von Vater, Mutter und Tochter deutlich reduziert haben musste. Was letztendlich von Mutters Erzählungen aus dieser Zeit der Wahrheit entsprach, hat August sein Leben lang nicht erfahren, denn es gab ja immer nur ihre Versionen. Niemand in der Familie hat je etwas über diese Zeit erzählt. Alle, die Zuhörer von Helene bedauerten immer nur sie. Seine Großmutter sprach nie über diese Zeit, und August hat sie als eine Frau in Erinnerung, die immer von ihrer Tochter beschimpft und verachtet wurde. Sie nahm das kommentarlos hin. Für ihn ebenso unüberprüfbar war auch das, was seine Mutter sonst noch erzählte vom Leben vor seinem Leben. So fragte er sich immer wieder warum der über alles geliebte Vater, keine Anstrengungen unternahm, seine Tochter am Wochenende zu sehen oder sie nach Hause zu holen. Warum legalisierte er die Vaterschaft nicht? Wieso wurde sie keine geborene Regnaz?

9 Jahre lang, von 1925 bis 1934, hatte Herr Mannklein das ‚Kuckucksei‘ Helene geduldet. Mutters Erzählungen nach, weigerte er sich bei der Scheidung, die nicht eigene Tochter zur Adoption freizugeben, trotz einer angeblich sehr hohen, vom Fabrikanten gebotenen Abfindungssumme.

Weitere Anstrengungen in Richtung Adoption wurden nach der Heirat 1934 nicht unternommen. Warum, das weiß niemand mehr, oder es wurde bewusst verschwiegen. An diese Abmachung hielten sich diesmal alle. Fragen danach hat Augusts Mutter immer überhört, nie eine Stellung bezogen. Was jeder immer nur hörte war: „Ich bin Helene Regnaz!"

August war es unmöglich zu beurteilen, wie seine Mutter mit ihrer eigenen Jugend klargekommen ist. Er erlebte sie von klein an als einen Menschen, der geprägt war von Hass, Aggression, Verzweiflung und Wut. Einen Menschen, den der eigene Vater nicht mehr beschützen konnte. Eine Frau, um Liebe und Anerkennung buhlend, die immer und immer wieder die betrogene Tochter eines früh verstorbenen Fabrikanten spielte. Dabei lebte sie in einer Vergangenheit, die sie selbst nur kannte.

„Man nannte mich das Kind mit den traurigen Augen!" Das war ein Satz, den sie ihr Leben lang gebrauchte und einsetzte, gerade dann, wenn der Zuhörer ergriffen von ihrem Schicksal erfahren hatte.

August schlug seine Augen auf und starrte zur Decke. Er spürte eine deutliche Erregung, und seine Atmung wurde zur Hyperventilation. Klar sah er, welche Fragen sich jetzt stellten, Probleme, die er so noch nie gesehen hatte.

Wie wurde seine Mutter in der Schule genannt?

Wie wurde sie als Tochter des Fabrikanten angesprochen?

Nannte man sie Frl. Mannklein oder Frl. Regnaz?

Wo zauberte der Fabrikant plötzlich eine neunjährige Tochter her?

Wieso bedurfte es einer Adoption, wenn Großvater ihr leiblicher Vater war?

Wie war das im ‚Dritten Reich' möglich, zu Zeiten eines Arier - Nachweises?

Hätte eine Richtigstellung der Fakten im Jahre 1934 nicht die Umschreibung im Geburtsregister zwingend hervorrufen müssen?

Wie stand es im ‚Dritten Reich' um die oft erwähnte Macht des Großvaters, wenn er nicht einmal seine leibliche Tochter legitimieren konnte?

Wie war die nationalsozialistische Vergangenheit der ganzen Familie?

Wenn der Namensgeber nicht der Vater war, warum hielt er an Augusts Mutter fest?

Wieso gab er die Tochter nicht frei, trotz einer angebotenen Abfindung?

Weshalb ging er unnötige, aber gesetzliche Verpflichtungen ein?

War August jetzt mit ihm verwandt?

Wieso erbte seine Mutter nichts?

Lag es daran, dass sie einen anderen Namen trug?

Warum nannte seine Mutter sich selbst immer Helene Regnaz, obwohl sie diesen Namen nie trug?

Weshalb wusste niemand etwas von dem Vater der ersten neun Jahre ihres Lebens?

Sind die von der Mutter erzählten Geschichten alle einer blühenden Fantasie entsprungen?

Waren es Wunschträume eines ungeliebten um Liebe buhlenden Kindes?

Waren es die Summen vieler lautloser, verzweifelter Hilfeschreie, hervorgerufen durch eine lieblose, kalte Kindheit zweier egozentrischer Elternteile?

Auf alle Fragen wusste August nun eine Antwort und die Hyperventilation ging in ein normales Atmen über.

August Regnaz hatte wohl kein Interesse die Vaterschaft zu legitimieren, er hatte schon genug am Hals. Helene aber warb ein Leben lang um seine Anerkennung und seine Liebe. Seit 1934 entwickelte sie bei totaler Selbstaufgabe eine einseitige, traumatische Verbindung zum Vater, die voller Liebe war, voller Bewunderung und Anerkennung, aber leider eine, die kaum erwidert wurde. Das junge

Mädchen litt unter diesen Ereignissen und suchte einen Schuldigen. Das war der Beginn eines lebenslangen Traumas. Die Schuldige hierfür war schnell gefunden, nämlich ihre eigene Mutter. Der so verehrte neue Vater konnte und durfte es nicht sein. Dieser Mann musste noch überzeugt werden, ein Kind, wie sie es war, zu lieben. Er musste sie als Tochter anerkennen, sie vergöttern und für sie vorbehaltlos einstehen. Also buhlte sie vierundzwanzig Stunden täglich, mit allen ihr zur Verfügung stehenden Mitteln, um die Liebe des Vaters. Sie nannte sich Regnaz, obwohl sie Mannklein hieß, diskriminierte die eigene Mutter, verleumdete sie, um Mitleid zu erhaschen und versuchte Keile zwischen das Ehepaar zu treiben. Hier half also nur noch das Lyzeum, das sie aus dem Fabrikantenhaushalt fernhielt.

August Regnaz hatte zwei Söhne aus der Ehe vorher. Die trugen seinen Namen. Der Erzählung nach wurde das Erbe den beiden Söhnen im Jahre 1934 ausgezahlt. Somit hatten sie keinen weiteren Erbanspruch mehr.

August schloss seine Augen wieder, sah und hörte jetzt ganz deutlich seine Mutter.

Sie war wie immer in Rage: „Noch kurz vor seinem Tod wollte mein Vater seinen Notar in Köln aufsuchen, wollte mich legitimieren, mir sein ‚Hab und Gut‘ per notariellen Akt vermachen. In seinem letzten Testament hatte mein

geliebter Vater seine Ehefrau zur Universalerbin eingesetzt. Da war er noch in dem guten Glauben, sie stehe für
die eigene, gemeinsame Tochter ein und würde das Vermögen für sie hüten und verwalten. Vater hat aber
schmerzlich erfahren müssen, dass mich meine Mutter
hasste und ablehnte. Sie würde mir nie etwas weitergeben,
sie hatte nur ihren eigenen Vorteil im Kopf. Mit diesem
Testament hat mein Vater den größten Fehler seines Lebens begangen! Das Zusammenleben meiner Eltern war
längst keine echte Beziehung mehr. Es war eine Verbindung, die durch sein Vermögen zusammengehalten
wurde. Er musste sich anhören wie meine Mutter mich,
die eigene Tochter beschuldigte, der Grund für ihre verlorene Jugend mit ‚einem alten, fetten und ekelhaften Kerl'
gewesen zu sein!"

Bei dieser Aussage schüttelte Augusts Mutter immer den
Kopf und beendete diesen Vortrag niemals ohne die folgenden Worte. Ab hier trug sie ruhig und wie eine Trauernde vor:

„Durch den Krieg bedingt, kam vor dem Tod meines Vaters der Notartermin nicht mehr zustande. Es mangelte an
Transportmitteln, und auch Fahrverbote für Privatwagen
verhinderten die Reise zu dem Kölner Notar. So war das
damals. Mein über alles geliebter Vater verfasste deshalb
ein handgeschriebenes Testament. Darin erkannte er die
Vaterschaft an, legitimierte mich und setzte mich zur

Universalerbin ein. Dieses Testament übergab er mir mit den Worten: ‚Kind, ich habe einen großen Fehler begangen! Hoffentlich geht das gut!' Ich versteckte das Testament zwischen meinen Zeugnissen. Wenige Stunden später verstarb mein Vater im Westerwald, in dem Haus, wo er auch geboren wurde."

Hiernach schwieg sie dann eine gewisse Zeit, vermied aber die Zuhörenden anzusehen, und um sie herum trat eine betretene Stille ein.

Bewusst soll Augusts Großmutter dieses Dokument nach Kriegsende verbrannt haben! Die hielt das einzige Mal in ihrem Leben dagegen und behauptete, ihrer Tochter bei der Entnazifizierung geholfen zu haben.

„Jawohl, ich habe die Zeugnisse meiner Tochter verbrannt, damit sie nicht dem BDM zugeordnet werden konnte! Sie war nämlich aktiv und Ton angebend in dieser nationalsozialistischen Mädchenschaft tätig. Ich musste meine Tochter schützen! Von einem handgeschriebenen Testament, das sich bei diesen Zeugnissen befunden haben soll, habe ich nichts gewusst," konstatierte sie kurz und bündig. Augusts Mutter widersprach ihr unter trockenen Tränen und natürlich auf das Heftigste.

6 SCHAUKEL

August sah das alles so komprimiert wie auch zusammenhängend, als wäre es nur ein Ereignis gewesen. Weinen und Lachen lagen nicht vor-, oder nacheinander, sondern übereinander. Dadurch formatierte sich die Erinnerung zu einem einzigen großen Gefühl.

Nun wusste er auch, dass etwas nicht stimmen konnte! Beim Kriegsende 1945 war August Regnaz sechs Monate tot. Zu diesem Zeitpunkt war das Erbe schon längst zu Gunsten seiner Großmutter geregelt und in deren Besitz übergegangen. Seine Mutter, zu diesem Zeitpunkt neunzehn Jahre alt hätte reden können und das handgeschriebene Testament vorlegen müssen. Es gab noch keine Entnazifizierung und es war ihr Erbe. Warum hat sie das nicht getan? Sie hat sich nicht gegen das ungültige Testament zur Wehr gesetzt, aber der ganzen Welt erzählt, dass ihre eigene Mutter sie um ihr Erbe betrogen hat.

Der kleine August von damals kannte und verstand diese Zusammenhänge nicht. Er saß auf einer Schaukel, flog glücklich dem Himmel entgegen und glaubte in einer normalen Familie, wohlhabend und konfliktfrei aufzuwachsen.

‚Ist das Leben nicht schön' hallte es in seinem kleinen Köpfchen.

August sah nach vorne in das beruhigende, gleißende Licht. Je mehr die Dunkelheit vor ihm verschwand, je näher kam er dem Licht. Er beruhigte sich, es kam Sicherheit in ihm auf. Bald würden alle Fragen beantwortet sein, und er würde wissen, wer er ist, vor Allem aber, wer er war. Den Weg ins Licht gehend, waren seine Brustschmerzen plötzlich Nebensache, interessierten ihn auch nicht mehr. Zum ersten Mal in seinem Leben bekam er eine Ahnung, was es bedeutete, Frieden zu finden. Damit zog einher, dass er die gerade wiedererlebte Vergangenheit wie durch ein Milchglas sah. Das am weitesten Zurückliegende war schon nicht mehr sichtbar, es war ausradiert. Das machte ihn leicht.

7 ELTERN

Augusts Mutter lernte ihren Mann im Jahr 1943 kennen und stellte ihn dann sofort ihrem Vater vor. Sie kannte ihn vom Ansehen her, und sie wusste auch, dass alle Mädchen im Ort hinter ihm her waren. Auch war ihr bekannt, dass eine ihn erobert hatte und mit ihm verlobt war. Augusts Vater machte einen guten Eindruck, war er doch ein charmanter, gutaussehender, weltmännischer, wortgewandter, perfekt französisch sprechender und kaufmännisch ausgebildeter Offizier, der für den Nachschub der Truppe in Südfrankreich zuständig war. Er besorgte alles, aber er verschob auch alles! Das allerdings passte Augusts Großvater überhaupt nicht, das war nicht sein Stil! Hermann war August Regnaz auch deshalb suspekt, erfuhr er doch, dass dieser schneidige Mann die Verlobung mit der anderen Frau gelöst hatte, wissend, dass die Fabrikantentochter ihm volle Zuneigung schenkte. Hermann war in seinen

Augen ein Windhund. Ebenso wenig billigte er die Zerstörung des Heiratsversprechens durch seine Tochter.

Die aber verlobte sich dennoch mit Hermann Ende September des Jahres 1944, gegen den Willen ihres Vaters. Sie wollte diesen Mann einfach haben. Er wurde gewissermaßen gekauft, nicht zuletzt, weil er sich auch gerne kaufen ließ. Der Augapfel setzte sich gegen den schon schwerkranken Vater ohne Rücksicht auf Verluste durch.

Kaum einen Monat später verstarb der Fabrikant mit fast siebzig Jahren. Er hinterließ eine Tochter, die neunzehn Jahre alt war, eine Witwe, gerade mal dreiundvierzig Jahre alt, und den kürzlich hinzugekommenen Verlobten.

Hermann heiratete Augusts Mutter neun Monate nach des Vaters Tod im August des Jahres 1945. Der Krieg war vorbei und es galt jetzt die Weichen für die Zukunft zu stellen. Er sagte nach der Trauung zu seiner Frau: „Ich habe heute das Kapital geheiratet, für das sonst zwei Generationen hart arbeiten müssen!"

August sah ganz deutlich eine ihm handschriftlich überlassene Lebensgeschichte seiner Mutter aus dem Jahr 2004. Die hatte sie ihm überreicht mit den Worten: "Damit Du einmal weißt was deine Mutter alles mitgemacht hat." Da stand es wirklich: - Er sagte zu mir:" Ich habe heute das Kapital geheiratet, für das sonst zwei Generationen hart arbeiten müssen!"-

Somit war auch geklärt, dass es keine Liebe war, welche die Heirat verursacht hatte. Der Mann wollte Fabrikant werden, und er war immer noch der festen Überzeugung, einen Goldfisch an der Angel zu haben. Aber wieso fragte sich August.

Kannte sein Vater die tatsächlichen Familienverhältnisse überhaupt?

Wusste er um den Geburtsnamen Mannklein?

War ihm bekannt, dass seine Frau nie den Namen des Fabrikanten trug und schon alleine daher keinen Anspruch auf das Erbe hatte?

Er musste doch wissen, dass seine Schwiegermutter die Universalerbin war, nicht seine Frau.

Wie haben beide Frauen, Mutter und Tochter ihn angelogen!

Sein Vater war von zwei Frauen hereingelegt worden, seiner Schwiegermutter und seiner Frau!

Einmal von einer angeblich reichen Fabrikantentochter, ein anderes Mal von deren wirklich vermögenden Mutter. Die Erzählungen seiner Mutter ließen durchaus diesen Rückschluss zu. Mutter und Tochter mussten sich zu jener Zeit bestens verstanden haben, sonst hätten sie beide nicht so einen Komplott schmieden können.

Das Verhalten seines Vaters erschien plötzlich in einem völlig anderen Licht.

Damit waren Mutter und Großmutter beim Kampf um den Mann Verbündete gewesen! Verkrachte und verhasste Menschen waren sie also nicht. Das Verhältnis zwischen Mutter und Tochter stellt sich somit ganz anders da.

Zwei Frauen machen gemeinsame Sache. Mutter hat immer gelogen und Großmutter immer geschwiegen! Großmutter war die Millionenerbin und Mutter das Aschenputtel. Sie war schlicht und einfach das mittellose nicht erbberechtigte Kind aus erster Ehe. Wahrscheinlich spielte die Oma mit, weil sie ihrer Tochter eine sorgenfreie Zukunft versprochen hatte. Es galt jetzt nur noch den Verlobten, den späteren Ehemann aus dem Fabrikgeschehen herauszuhalten. Er durfte ihnen nicht in die Karten schauen, er musste dumm bleiben. Damit erklärt sich auch, warum sich Oma nie gegen die Angriffe der Tochter gewehrt hat. Vielleicht rechneten die Damen auch damit, dass er extern Karriere machen würde und so seine Familie ernähren könnte, schneidig wie er war.

Mit seiner Oma hat August nie darüber gesprochen.

Immer wieder, ein ganzes Leben lang, erzählte Augusts Mutter, dass der Vater deshalb nie zu Hause war, weil er notorisch fremdging und in unzählige Frauengeschichten verwickelt war. Damit begann er kurz nach der Hochzeit.

Er verschwand tagelang, wochenlang, sogar monatelang und ließ seine junge, nun schwangere Frau alleine zurück.

Wegen fachlicher Inkompetenz, die die Großmutter ihm bescheinigte, war der Vater nicht in die kaufmännische Leitung der Fabrik übernommen worden. Diese erklärte Untauglichkeit, aber auch die hiermit verbundene Diskriminierung, wie auch der Machtverlust und seine Wut darüber, sollen die Gründe gewesen sein, sich von seiner schwangeren Frau fernzuhalten. Mit dieser Aussage zeigte Augusts Mutter ein gewisses Verständnis für ihren Mann, aber gleichzeitig schließt sie ihn mit folgenden Worten wieder in die Reihe der Schuldigen ein: „Wir dürfen nicht vergessen, es war ja nichts mehr zu holen! Meine Mutter bringt das Vermögen durch, sie hat mir ja alles genommen. Warum sollte er mich noch lieben und bei mir bleiben, mittellos wie ich bin?" Damit bestätigte die Mutter ihre Minderwertigkeitskomplexe, wies aber gleichzeitig Schuld zu. Einmal der früheren Verbündeten, die das Spiel nicht mehr mitmachte, eine reiche Tochter auf den Markt zu werfen. Das andere Mal der betrogene Ehemann, der mit falschen Versprechen in eine Ehe gelockt worden war und jetzt nicht mehr wollte.

August atmete schwer, es war nicht einfach diese Geschichten auszuhalten, geschweige denn erneut zu erleben! Er wollte das nicht mehr. Wenn er als alter Mann das nicht erträgt, wie soll das dann ein Kind aushalten? So etwas darf man keinem Menschen antun, das ist verwerflich und zutiefst unmoralisch. Er versuchte, wach zu bleiben, diese Bilder loszuwerden und schaffte das auch. Die Milchglasblende funktionierte wieder und abermals war der kleine Junge da, der rief: ‚Ist das Leben nicht schön'. Die Last in seiner Brust wurde leichter, er atmete auch nicht mehr so schwer.

Die Geburt seiner Zwillinge hat der Vater nicht miterlebt, die kennt er nur vom Hörensagen.

„Zwei Kinder sind mir auch zu viel, eines hätte doch gereicht," soll er laut Mutter gesagt haben! Sie berichtete weiter: „So machte er sich dann gänzlich aus dem Staub, zog mit einer anderen Frau zusammen und lebte bei ihr." August und sein Bruder spürten die daraus erwachsenden Spannungen sehr. Ihre Mutter wurde noch verbitterter. Sie reichte die Scheidung ein, wurde aber aufgrund der damaligen Gesetzgebung gezwungen, zum Schutze der Kinder die Ehe aufrecht zu erhalten. Der Kindesvater hatte vor dem Richter versprochen heimzukehren, nicht mehr seine Frau und seine Kinder zu schlagen, nicht mehr unter Alkoholeinfluss auf Vollziehung der Ehe zu bestehen und seinen väterlichen Pflichten nachzukommen. Auch sollten andere Frauen der Vergangenheit angehören, arbeitete er doch jetzt beim Arbeitsamt, einer Behörde der Stadt Köln! „Herr Richter, ich bin wie Sie ein Staatsdiener, und ich habe auch die Aufgabe als Vorbild zu dienen," plädierte er selbst abschließend vor dem Gericht. Der Richter goutierte das mit Wohlwollen und erklärte die Ehe per Gesetz als intakt. Sein Vater zog also wieder zuhause ein. Das Leben zu viert war stumm, bedrohlich und von Angst geprägt. Freude entstand selten im Haus. Wie schön war es da, einen Garten zu haben, einen Sandkasten und auch die Oma, die schon mal August und seinen Bruder mit dem Cabriolet ausfuhr. Sie fuhr offen, und der Fahrtwind erinnerte August an seine Schaukel, daran wie er mit ausgestreckten und zurückgeworfenen Beinen Tempo machte, um über das Haus zu sehen. Dann spürte er, wie die Luft, die vom Cabriolet hervorgerufen wurde, diesen Eindruck hinterließ.

Seine Mutter empfing noch vor der Währungsreform eine Frau aus Südfrankreich. Die sprach kein Deutsch aber strahlte sie an. Mit einem Papier vor ihr stehend, fragte sie nach Hermann Bachschub. Der Herbeigerufene stellte sie als Kriegsbekanntschaft vor. Sie hatte Augusts Vater über das Internationale Rote Kreuz suchen lassen. Diese Frau sprach mit ihm Französisch, schlief in unserer Wohnung, nicht bei der Mutter, nicht bei August und seinem Bruder, aber beim Vater, der sich einen separaten Raum eingerichtet hatte! Mutter musste das dulden. Nach einigen Wochen verschwand die Französin nach einem großen Krach, bei dem es auch handgreiflich zur Sache gegangen war.

Vater forderte nun ganz massiv seinen Anteil an den Fabriken, hatte er nun doch durch das Gerichtsurteil auch schriftlich, dass er die Ehe fortsetzen musste. Er leitete daraus Besitzansprüche ab, war der absolute Herr im Hause und führte sich auch so auf. Er konnte fordern und ohne Kontrolle Dinge machen, die nicht lege artis waren. Durch die geplatzte Scheidung war er sogar in der Lage, es noch schlimmer zu treiben als vorher!

Die Großmutter, Herrin der Fabriken und ihr Rechtsberater, der Staatsanwalt ließen ihn jedoch abblitzen, und das machte die Situation für Augusts Mutter nur noch schlechter.

Oma lebte nämlich jetzt mit dem Staatsanwalt zusammen, der im Bergischen Land verheiratet war und dort zwei Kinder hatte. Während der Woche teilte der mit Großmutter das Bett, und nur am Wochenende besuchte er seine auf dem Land lebende Familie. August und Günter mussten Dodo zu ihm sagen und ihn wie einen Großvater behandeln. Oma verbot ihrer Tochter und deren Kindern den Zugang zu der ersten Etage und nötigte sie so zum Umzug in das Erdgeschoß. Dodo brauchte seinen eigenen, ruhigen Bereich. Jedoch bot sie als Ausgleich Räume im Erdgeschoss an, direkt neben den Büros. Hier aber waren durch Kriegsschäden die Fenster und Türen noch zerstört, und eigentlich war diese Wohnung nicht bewohnbar. Die drei Bachschubs mussten dennoch umziehen. Der

Vater bekam von all dem nichts mit, er zog zu dieser Zeit wieder um die Häuser. Es hatte sich nichts verändert.

8 HEPATITIS

Laut Mutters Beschreibung kümmerte sich der Vater nach den letzten erlittenen Abfuhren um gar nichts mehr. Sie musste die Fenster und Türen für die neue Wohnung erbetteln. Aber Mithilfe der ehemaligen Angestellten ihres verstorbenen, geliebten Vaters wie auch der verhassten Großmutter wurden diese dann auch noch kostenfrei für sie eingebaut. Trotzdem war es im Erdgeschoss kalt und nicht so warm wie auf der Belle Etage. Besonders schlimm war das für Günter, der ja nach seiner TB besonders gefährdet war.

Augusts Mutter war am Ende ihrer Kräfte, konnte körperlich nicht mehr und erkrankte schwer. Hepatitis A – B – C diagnostizierten die involvierten Ärzte. Möglicherweise hatte sie sich bei Hermann angesteckt, der, als er ab und an zuhause war, seine Ehe auch vollzog.

Die ansteckende Gelbsucht bedeutete für Augusts Mutter Quarantäne, die Einweisung auf eine Isolierstation. 4 Monate lag sie dort im Krankenhaus.

August und Günter hatten in dieser Zeit niemanden mehr. Sie kamen in ein Waisenhaus mit angeschlossenem Kinderheim, denn ihre Großmutter hatte keine Zeit, die

Fabrik forderte sie. Ihr Vater war nicht da, musste beim Arbeitsamt Dienst schieben.

In diesem von katholischen Nonnen geführten Heim ging es für die beiden Jungen um das blanke Überleben. Sie erhielten keine Besuche, wurden als Interimsgäste herumgestoßen, gar als lästig empfunden. Gegessen wurde das, was die Zwillinge selber vorbereiteten. Schälten sie eine Kartoffel, durften sie eine Kartoffel essen, schafften sie zehn, gab es zehn, aber bewältigten sie diesen Arbeitsvorgang nicht, gab es auch keine Kartoffel. Erleben durften die Brüder diese gastliche Stätte in einem von der Kirche betriebenem Haus. In diesem Heim wurde bestraft, geschlagen, gezüchtigt und gehungert und zum ‚lieben Gott gebetet‘! Diese Anstalt wurde geführt von Nonnen, von Frauen, die sich ehrwürdige Schwestern nennen ließen und sich der Nächstenliebe und Gott verpflichtet hatten.

Zucht und Ordnung halten, wie auch Demut üben, war die Devise. Christliche Erziehungsweise wurde dieses Geschehen genannt. Was für eine Blasphemie!

Das Einzige, was August und Günter diese Zeit hat überstehen lassen war, dass sie sich als Brüder hatten und zusammen waren. Dies war nicht einfach, denn die barmherzigen Schwestern verstanden es nur zu gut, die beiden Jungen des Öfteren zu trennen. Die Kinder wussten weder etwas von der Mutter noch von der Oma, geschweige denn von dem Vater. Sie waren alleine. Ihre Fragen wurden nie beantwortet, jedoch forderten die Schwestern sie auf zum lieben Gott zu beten.

Fast sechs Jahre waren die Buben alt, die, denen man eingeredet hatte aus dem Wohlstand zu kommen und darin zu leben, die, denen man auch beigebracht hatte, überall zu erzählen, in geordneten Verhältnissen zu leben.

Wieder stöhnte August kurz auf, aber auf der Achterbahn seines jungen Lebens wurde er weiterbefördert.

Die Mutter brauchte mehr als vier Monate zum Genesen. Frühere Freunde ihres geliebten Vaters hatten unter der Hand für sehr viel Geld die erforderlichen Medikamente besorgt, um die Hepatitis erfolgreich und schnell behandeln zu können. Damals standen nur finanziell Privilegierten Medikamente dieser Art zur Verfügung. Dank dieser Menschen aus alten Zeiten, die sich nur dem verstorbenen Vater zuliebe engagierten, war diese Hilfe möglich. Augusts Mutter erzählte immer wieder, dass diese Menschen geholfen haben, weil sie es nicht verstehen konnten, wie mit der Tochter ihres früheren Freundes umgegangen wurde. „Wir wussten, dass deine Mutter nicht helfen würde – du bist ihr doch nur ein Klotz am Bein gewesen," sollen sie gesagt haben. Die Mutter erzählte diese Geschichte oft und gerne. Das Alles passte wunderbar in den Rahmen einer gebeutelten Tochter. Damit konnte man die eigene Mutter als unmenschlich vorführen und sie, ohne es auszusprechen anklagen. Aber die Medikamente zahlte die Großmutter.

Nach fast fünf Monaten kamen auch August und Günter wieder nach Hause. Günter war im Waisenhaus zum Bettnässer geworden und hatte dafür unerhört viel Prügel einstecken müssen. August nahm als Andenken das Nägelkauen mit nach Hause, auch wenn die Nonnen im Heim versucht hatten, es ihm abzugewöhnen. Dies praktizierten sie äußerst schmerzhaft. Die ehrwürdigen Schwestern bedeckten die empfindliche Nagelhaut mit schärfstem Löwensenf. August spürte das unerträgliche Stechen und auch die Schmerzen wieder und erinnerte sich an die Prügel, wenn er versuchte den Senf abzumachen.

Günter brauchte zwei Jahre, um das Bettnässen einzustellen, August benötigte sechs Jahre, bis er das Nägelkauen aufgab. Senf mag er bis heute nicht so richtig.

August sah an die Zimmerdecke. Es fiel ihm auf, dass er zeitlebens diese Erlebnisse verdrängt hatte. Nun da sie wieder da waren, verschwanden sie auch gleich wieder hinter der Milchglaswand. Er lächelte leicht, denn er erkannte, dass eine ihm fremde Kraft, diese Zeit vorbeiziehen ließ, um sie dann endgültig zu vernichten. Vielleicht war es auch die Emotion, die ihm beim Schaukeln geschenkt worden war. ‚Ist das Leben nicht schön! ‘

Ein Jahr später hatte die Mutter einen heftigen Nervenzusammenbruch. Dieser war verbunden mit gewaltigen Panikattacken. Sie erklärte der Welt, dass alles durch den bösen Ehemann und durch das Biest von Mutter entstanden wäre. Die Zwillinge erlebten eine panische Mutter, die nicht davor zurückschreckte, ihnen zu sagen: „Wenn ihr nicht lieb seid, dann geht auch die Mama weg! Dann habt ihr keinen mehr!" August und Günter standen heulend in der Diele, einander die kleinen Hände haltend, da die Mutter sich schon den Mantel angezogen hatte, um ihre Drohung wahr zu machen. August war es, der unter Tränen gelobte lieb zu sein, auf die Mama und das Brüderchen aufzupassen und alle gegen den bösen Papa und die fürchterliche Oma zu schützen.

August wurde für einen kurzen Moment durchgeschüttelt, weil er in einer Rekordgeschwindigkeit alles noch einmal erlebte, das angstvolle Weinen, und er hörte sich das Versprechen sagen. „Mami, Mami bleib doch bitte! Wir sind lieb, ganz bestimmt! Dir tut keiner was, ich passe auf uns auf. Da können Papa und Oma ruhig kommen, ich beschütze uns alle."

Der Vater setzte nun alles daran, seine Ehefrau für geistig verwirrt erklären zu lassen, um eine Einweisung in die geschlossene Psychiatrie zu erwirken. Mit Hilfe eines Allgemeinmediziners aber ließ Augusts Mutter feststellen, dass sie psychisch absolut den erforderlichen Maßstäben entsprach. Die Begründung des Arztes war das Burnout Syndrom.

Sie sei lediglich durch körperliche Überforderung ermattet. Die viele Arbeit mit den beiden Kindern, die Überlebensängste, der Geldmangel und der Streit mit der eigenen Mutter stressten sie bis und über die eigene Belastungsgrenze! Obwohl verheiratet, müsse Sie als alleinerziehend gelten. Durch den gegen sie vorgehenden Vater der Kinder stünde sie unter einem kolossalen Druck. Von ihrer reichen Mutter würde sie auch nicht unterstützt! Die Nerven lagen also, ärztlich bestätigt, bei der jungen Frau und Mutter blank. Nur mittels Medikamente war sie ruhig zu stellen. Dennoch rannte sie oft, auch mitten in der Nacht, von zuhause weg und fand sich dann an unbekannten Orten wieder. Wie sie immer wieder verbalisierte, waren es die Zwillinge, die ihr die Kraft gaben, in das verhasste Zuhause und den damit verbundenen Umständen zurückzufinden. Verwunderlich war nur, dass sie sich noch tagsüber um die beiden Kinder des Mediziners kümmern konnte, da der Arzt mit seiner Frau seine Praxis aufbauen musste. Für die Zwillinge war das schön, denn sie hatten Spielkameraden.

Wenn die Mutter unterwegs war, kuschelten sich August und Günter eng aneinander. August vor allem, weil er versprochen hatte, auf das Brüderchen Acht zu geben. Außerdem glaubte er die Kraft seines Großvaters zu spüren, weil er doch seinen Namen trug und ihn aus den Erzählungen als Beschützer kannte. „Günter es wird alles gut, die Mama kommt zurück, ich weiß das," raunte er seinem großen, älteren Bruder in das Ohr und gab ihm, ihn fest an sich drückend ein Küsschen. Günter fühlte sich bei August sicher und der fühlte sich stark wie sein Großvater.

9 ARZTKINDER

August warf sich im Bett hin und her. Seine Atmung war wegen der erlebten Emotionen heftig. Auch wollte er sich aufrichten. Das aber war durch die nicht vorhandene Kraft unmöglich. So ballte er die Hände zu Fäusten und schlug schwach auf die Laken. Warum behauptete seine Mutter immer wieder die beiden gleichaltrigen, heranwachsenden Kinder des Allgemeinmediziners versorgt zu haben? Sie erzählte ein Leben lang mit Stolz, dass sie dem Arzt und seiner Frau beim Aufbau der Praxis geholfen habe! Das erklärte sie immer so: „Tagtäglich, von morgens bis abends wurden dieser Junge und dieses Mädchen von mir betreut und erzogen! Hätte ich mich nicht um diese Kinder gekümmert, die wären verkommen, und die Eltern hätten nie so eine Praxis aufbauen können!" Bei ihren unzähligen Erzählungen bezeichnete Augusts Mutter das fremde Geschwisterpaar immer mit ‚ihre Kinder'! August erinnerte sich gut an diese Spielkameraden. Die waren schon mal da und spielten mit ihm und seinem Bruder. Seine Wut war hervorgerufen von den Widersprüchen, die da waren: Nervenzusammenbruch, Burnout und freiwillige Mehrarbeit durch Kinderbetreuung vertrugen sich nicht miteinander. Viele Jahrzehnte später traf August das Mädchen wieder, die ihm erzählte, dass sie schon mal bei uns gespielt hätten aber immer durch den Vater des Arztes beaufsichtigt worden seien. Also wieder etwas was nicht stimmte und gelogen war.

10 BEINBRUCH

1953 brach sich Augusts Mutter das Bein. Der Winter 1953 auf 1954 war sehr kalt und frostig. Glatteis wurde ihr zum Verhängnis. Ein komplizierter Knöchelbruch am rechten Bein brachte sie außer Gefecht. Sie kam wieder längere Zeit in ein Krankenhaus. Großmutter und Dodo konnten die Zwillinge nicht versorgen, zwangen aber diesmal den Vater, sich um seine Kinder zu kümmern. Das machte er nicht selbst, er nistete seine Schwester mitsamt ihren zwei Kindern bei den Zwillingen ein. Gegen das, was die Brüder jetzt erlebten, war das Waisenhaus ein ‚Vier – Sterne – Aufenthalt' gewesen.

Es war die Hölle für die Zwillinge, aber für die Kinder der väterlichen Schwester ein Paradies. Diese wurden verwöhnt, verpflegt und versorgt und durften spielen. Es waren August und Günter, die mit den Resten auskommen mussten und dafür galt es hart zu arbeiten. Die nachfolgende Reihenfolge zeigt den täglichen Ablauf an. Heizen, putzen, abwaschen, Wäsche waschen, Staub wischen, danach oder dazwischen zur Schule gehen, und wenn dann noch Zeit blieb, Hausaufgaben machen. Sie wurden täglich bestraft, geschlagen und in dieser Hundekälte vor die Türe geschmissen oder in das Bett gesteckt. Die Zwillinge kannten in den meisten Fällen keinen Grund dafür. Zur Strafe gab es auch schon mal Kopierstift zu essen! August hat nie vergessen wie lange es dauerte mit der Zahnbürste die blaue Farbe von der Lippe und den Zähnen zu entfernen, während die Kinder der Schwester danebenstanden und sich amüsierten.

Er spürte, wie er sich, den Zeigefinger als Zahnbürste nutzend durch den Mund fuhr. Kurz machte er die Augen auf, um zu sehen, ob die verhasste Tante und ihre Kinder da waren, aber er sah nur Dunkelheit. Er spürte neben all den anderen Schmerzen deutlich, wie Zähne und Zahnfleisch durch die Zahnbürste verletzt wurden und rief nach seiner Frau. Vergeblich, er war und blieb allein. Warum fiel ihm gerade dass ein? Das war doch alles schon lange her!

Während dieser Periode waren die Buben wieder ganz auf sich alleine gestellt. August passte auf Günter auf und beschützte ihn.

August lernte es in all den Jahren immer besser auf den zwanzig Minuten älteren Bruder und auf seine Mutter acht zu geben. Auf der einen Seite hatte er dies ja versprochen, auf der anderen, hatte sich das aus der durch die Namensgebung festgelegten Rollenverteilung ergeben. Für sein Verhalten war auch das nach dem Sanatorium entwickelte Verhalten von Günter bedeutend. Der forderte Schutz. Nicht zu vergessen war das Verhalten der Mutter. Sie klammerte sich an den Sohn, der ihrem Vater doch so ähnlich war! Alles, gute Gründe für die von August gelebte Rolle des Beschützers.

Ende 1954 Anfang 1955 wurden die Fabriken verkauft. Dodo, der Staatsanwalt hatte das durchgesetzt. Oma soll dem Lebensgefährten dafür ein großes Mehrfamilienhaus mit zwölf Wohneinheiten geschenkt haben. Es hieß, dass dies eine kleine Entschädigung für die Rettung ihres Vermögens war. Augusts Mutter hingegen erhielt 20.000 DM als ausreichenden Anteil von Oma. Weil sie das Herrenzimmer ihres Vaters in Gebrauch hatte, zog Oma 1.000 DM von der Summe ab. Der Steuer wegen musste sie aber 20.000 DM quittieren. Mit den verbleibenden 19.000 DM kaufte sie sofort ein Auto für ihren Mann. „Damit rette ich meine Ehe, das wird ein neuer Anfang!" rechtfertigte sie sich vollmundig.

Wegen des Verkaufes der Fabrik mussten die vorhandenen und genutzten Wohnungen direkt geräumt werden. Zum Glück hatte Augusts Vater Anrecht auf eine Werkswohnung als Beschäftigter des Arbeitsamtes. Man wies ihm eine Neubauwohnung in Köln Lindenthal zu. Hier zog die Familie ein, aber ohne Vater! Der musste erst noch seine andere Wohnung kündigen. Augusts Oma bewohnte nunmehr eine Penthouse Wohnung in der Innenstadt mit achtundzwanzig Meter umlaufenden Balkon. Dodo hatte dort natürlich auch eine Bleibe, in der Bediensteten - Wohnung, die zum Penthouse gehörte.

11 PISTOLE

Das Auto rettete die Ehe nicht, führte aber dazu, dass der Vater sich jetzt mobil aus dem Haus entfernen konnte. Der Umzug in das neue Nest war auch kein neuer Anfang für die Familie. Nicht nur das Augusts Mutter sich und die Kinder alleine durchbringen musste, jetzt galt es auch noch Miete zu zahlen, Monat für Monat. Augusts Mutter hatte ihren Verkaufsanteil an der Fabrik durch den Eherettungsversuch gewaltig reduziert. Das Auto kostete viel Geld, es blieb nur wenig zurück. Also sprang Großmutter wieder ein.

Nur einmal war Augusts Vater in der Werkswohnung bei seiner Familie. Er war angetrunken und verschaffte sich gewaltsam Zugang. „Ich bin doch der Hauptmieter als Beschäftigter des Arbeitsamtes," schrie er und haute gegen die Tür. August und Günter flüchteten in ihr Zimmer, ohne ihren Vater zu sehen. Ihre Mutter öffnete der Nachbarn wegen die Türe, und dadurch war zunächst der Lärm vorbei. Es war eine gespenstische Ruhe, dann hörten die Zwillinge die Eltern am Zimmer vorbeilaufen, dann wieder diese gespenstische Ruhe. Endlich, lange Zeit später stand Mutter im Unterrock in der Türe, sichtbar angetrunken und sagte alles wäre gut. August und sein Bruder brauchten dennoch viel Zeit, um sich zu beruhigen, hatten sie doch immer noch Angst. Nach etwa einer Stunde wurde es plötzlich lauter, die Eltern schrien sich wieder an. Nach einem unsagbaren Gebrüll der Eheleute stand ein nur mit Unterhose und Unterhemd bekleideter Vater in der Türe des Kinderzimmers und fuchtelte mit einer Pistole herum. Diese richtete er auf die in einem Bett kauernden Zwillinge. August hielt seinen weinenden Bruder im Arm und der Vater schrie: „Ich bringe euch alle um! Ihr seid mein Untergang, vor allem diese Hure und Lügnerin von eurer Mutter!"

Die kam von hinten, flüsterte etwas das August nicht verstand, und der Vater entfernte sich taumelnd mit den Worten: „Ich komme wieder, verlasst euch drauf!" Augusts Mutter folgte ihm, nachdem sie die Türe geschlossen hatte. Er fühlte wie Tränen sein Gesicht feuchteten, seine Kinderbrust bebte, und Günter hatte sich unter die Decke verkrochen. Er lag mit seinem Kopf auf Augusts Beinen. Auch er weinte, denn August spürte wie durch seine Tränen die Schlafanzughose nass wurde. Aber Günter lag regungslos da, so als ob er nicht mehr lebte. Das machte

August weitere Angst. Irgendwann schlief er erschöpft und auch leer geweint ein. Tränen hatte er keine mehr.

Am nächsten Morgen war der Vater nicht mehr da. Er kam auch nie mehr wieder. 1956 wurde die Ehe geschieden. Da die Geschiedene Tochter eines Fabrikanten war, verzichtete sie, wie sie angab, laut Befehl der eigenen Mutter auf ihren Unterhalt. Den Zwillingen wurde nur der Mindestsatz an Unterhalt durch das Gericht gewährt.

Nach der Scheidung, in seinem späteren Leben, sah August seinen Vater noch zweimal. Diese Treffen fanden in einem jährlichen Abstand statt, einmal in Köln, einmal in Düsseldorf. Das letzte Treffen in Düsseldorf war nur möglich gewesen, weil sich der Vater bereit erklärt hatte, die Kinder abzuholen und wieder nach Hause zu bringen. Er fuhr sofort mit August und Günter in das Restaurant Fischl, das in der Altstadt von Düsseldorf lag. Hier durften sich die Kinder nach Herzenslust bestellen, was sie wollten. Beim Essen machte der Vater August und Günter klar, dass man sich in Zukunft nicht mehr sehen könne, da er wiederverheiratet wäre und zu kleine Kinder hätte. Dabei betonte er, dass August und Günter das sicherlich verstehen würden, da sie schon groß wären. August begriff nicht wie es möglich war, dass so ein böser Mann eine neue Familie hatte. Dass man sich nicht mehr sehen sollte, empfand er als angenehm, denn er hatte immer Angst vor seinen Vater.

Als Geschiedene musste Augusts Mutter Geld verdienen. Sie arbeitete bei ihrer Mutter und Dodo. Dort putzte und kochte sie. Das geschah täglich, immer nachmittags wegen der beiden schulpflichtigen Söhne, die mitgenommen werden mussten, weil sie einer Aufsicht bedurften. Sie brauchte das Geld, um über die Runden zu kommen. Ihre Geschichte dazu lautete jetzt: „Ich musste bei der Scheidung auf meinen Unterhalt verzichten, weil meine Mutter das so wollte! Für meinen Unterhalt muss ich deshalb bei der Alten arbeiten und deren Dreck wegmachen! Das widert mich an, besonders wenn ich die gebrauchten Pariser entsorgen muss. Ich werde bezahlt wie jemand, der ein Almosen bekommt! Damit kann keiner über die Runden kommen." August wusste zu dieser Zeit nicht, was ein gebrauchter Pariser ist. Er suchte immer nach Menschen aus Paris, die gebraucht wurden, fand sie aber nie. Mutter fand eine neue Einnahmequelle. Sie vermietete heimlich Zimmer in Köln Lindenthal, in der Werkswohnung. Damen, die sie von früher kannte, auch solche die von Oma geschickt wurden, waren die Untermieterinnen. Mit denen trieb es dann Dodo, wenn Mutter mit den Kindern bei Oma putzte. Kam Augusts Mutter früher von ihrer Mutter zurück, erwischte sie die Paare in flagranti. Dann flogen Dodo und die Untermieterin gemeinsam raus. Augusts Mutter informierte ihre Mutter, die aber verzieh Dodo alles mit den Worten: „Diesen Mann liebe ich, der darf machen was er will!" August sah zu seiner Mutter hoch und fragte: „Was darf denn Dodo machen?" Eine Antwort auf diese Frage bekam er nicht.

Mit dieser Unterstützung von Oma übernahm Dodo die völlige Kontrolle im Hause Bachschup. Er verfügte somit über ein Wissen interner, sozialer und finanzieller Art, das Informationen enthielt, die die Familie Bachschup absolut durchschaubar machte. Wann die Familie weg war, und wo sie sich aufhielt, wusste der Staatsanwalt immer. Er konnte also ohne Probleme in der fremden Wohnung seiner Lust und seinem Laster nachgehen, seine Ehefrau hintergehen und Augusts Oma auch. Die wusste davon, und alles geschah mit ihrer Billigung. Ihre Tochter wurde schier verrückt über dieses Verhalten. Sie verhielt sich immer mehr wie eine leidgeprüfte, gedemütigte Frau, die vom Leben nichts mehr zu erwarten hatte. Bis sie es dann schließlich auch war.

Aber der kleine August, der mit dem ‚Ist das Leben nicht schön' Gefühl in der Brust, der mit dem zur Verpflichtung gewordenen Versprechen im Kopf ‚Ich passe auf Euch auf, ich bin ja wie Großvater', dieser Knabe wurde immer mehr zum Sprecher und Verteidiger seiner Mutter und seines Bruders.

August spürte, wie die Last des kleinen Jungen heute im Alter noch schwerer wurde. Er hatte kaum noch Luft zum Atmen. Sein Mund war trocken. Stöhnend schrie er um

Hilfe. Hilfe für was? Hilfe für damals oder Hilfe für heute. Obwohl sein Mund völlig ausgetrocknet war, hatte er noch Reserven. Tränen spürte er wieder auf seinen Wangen, aber er wusste nicht konkret, weshalb sie kamen, ahnte aber, dass es mit dem Licht in seinem Kopf zu tun hatte. Das gleißende Licht vor ihm bedeutete, dass die Last verschwinden würde. Diese Ahnung ließ seine Tränen zu einem Lachen werden.

Das Lachen führte August zu Erlebnissen, die ihn davon wegführten. Einmal brüllte er seine Großmutter an, zwölfjährig. Die Worte überschlugen sich vor Erregung. Oma diskutierte mit der weinenden, auf den Knien liegenden, putzenden Mutter. Es ging wie immer um die Undankbarkeit der Mutter und natürlich um Geld.

„Lass doch endlich die Mama in Ruhe, quäle sie nicht mehr so und steck dir dein Geld in den Popo! Ich will so eine Oma nicht. Du bist nur böse und quälst uns alle. Lieber renne ich weg, ich will dich nie mehr sehen." August weinte dabei, schnappte sich seine Jacke und rannte aus der Wohnung der Großmutter. Er musste, ohne Geld in der Tasche aus der Innenstadt alleine und zu Fuß zurück nach Köln – Lindenthal in die Wohnung seiner Mutter. Dieser Weg von über 10 Kilometern war eine große Leistung für den Jungen, verbunden mit viel Angst, denn August kannte den Fußweg nach Hause nicht. Er war immer mit der Straßenbahn zur Oma gefahren. Oft fragte er

Fremde nach dem Weg, um in die richtige Richtung zu kommen. Nach Stunden erreichte er sein Zuhause. Dort empfing ihn eine strahlende Mutter und ein schmollender Bruder: „Du bist ein gutes Kind," waren Mutters Worte. So gab es keine Möglichkeit für August zu erzählen, welche Angst ihn getrieben hatte, wie sehr der Weg durch die große, für ihn unbekannte Stadt ihm zu schaffen gemacht hatte und wie alleine er sich auf diesem Weg fühlte. Wie viele Tränen er geweint hatte, interessierte die Mutter nicht. Die Riesenstrecke, die er mit der Straßenbahn täglich fuhr, war er gelaufen. Da aber Umsteigen von einer Linie in die andere die Strecke ausmachten, waren diese Knotenpunkte kompliziert für den ungeübten Fußgänger. Die Richtung zu bestimmen, den richtigen Weg finden, das war die schwerste Aufgabe. Das erste Mal hörte er eine Stimme in sich: „Was ist mit meinem Schutz, meiner Hilfe und meiner Geborgenheit, ich bin doch noch nicht groß!" Dieser Gedanke war einem Blitz ähnlich, deshalb sofort wieder weg. Er wurde von dem Gefühl ‚Ist das Leben nicht schön', und dem Wissen um das gegebene Versprechen verdrängt. Oder waren es Mutters Worte gewesen, die diesen Gedankenblitz zur Seite geschoben haben, weil sie den noch nicht großen August so stolz machten? Der nächste Vorfall, der in seinem Lebensfilm ablief, war an einem der Sonntage danach. Die Familie hatte bei der Oma geschlafen, und am Mittag gab es wieder einen großen Krach zwischen Mutter und Tochter. August und sein

Bruder kamen gerade vom Kölner Dom zurück, wo sie die Heilige Messe besucht hatten. Die Stimmung in dem Penthouse der Großmutter war auf dem Nullpunkt. Mutter hatte schon die Sachen gepackt, und es ging sofort nach Hause. August, wie auch sein Bruder waren sauer. Sie freuten sich sonntags immer auf das Essen, weil die Oma sie in ein Restaurant ausführte. Das war jeden Sonntag so, denn Oma war solo, Dodo war bei seiner Familie im Oberbergischen. Heute würde der Restaurantbesuch allerdings ausfallen, da Mutter und Tochter sich mal wieder im Krach getrennt hatten. August und sein Bruder saßen in der Straßenbahn der Mutter gegenüber und fuhren nach Hause. „Heute führe ich euch zum Mittagessen aus," sagte sie. Eine halbe Stunde später saßen August und sein Bruder mit ihr alleine in einem Restaurant, nahe der Rote Haus Kirche in Köln Lindenthal. Das war gerade deshalb aufregend und beeindruckend, weil sie so etwas noch nie gemacht hatten. In ein Restaurant ging es nur mit Oma, die über das nötige Kleingeld verfügte und bezahlte. Diesmal aber war das alles anders. Die Bachschups waren unter sich! August und Günter bestellten sich Würstchen mit Kartoffelsalat und Russen Ei, das Köstlichste was sie sich vorstellen konnten. Die Brüder wollten sich das teilen. Dazu gab es eine Limonade für jeden. Mutter sagte dem Ober, sie habe keinen Hunger, auch keinen Durst und bestellte sich selbst nichts. August und Günter fühlten sich wie die Prinzen, als das herrliche Menu serviert wurde.

August zelebrierte das Essen wie ein Gourmet und genoss jeden Biss. Er schnitt nur kleinste Stücke von der Wurst denn er war es, der als erster das Russen Ei zur Hälfte gegessen hatte. Es sollte ewig dauern und niemals vorbeigehen! Irgendwann bat Mutter um die Rechnung. Erst beim Bezahlen fiel August auf, dass ihr Geld gerade ausreichte, um die Zeche der Jungen zu bezahlen. Den Blick in das leere Portemonnaie sollte August sein Leben lang nicht vergessen! Seit diesem Sonntag war der Kontakt zwischen Mutter und Tochter unterbrochen. August traf seine Oma aber regelmäßig, weil die am Wochenende Zeit hatte. Er wurde immer verwöhnt und das gleiche galt für den Bruder. Es waren seit dieser Zeit andere Untermieter in der Wohnung als die, die von Oma und Dodo ausgesucht waren. Die wohnten auch länger als ein paar Tage oder Wochen in dem Zimmer und so war dann auch das Finanzielle abgesichert. Hiermit hing auch das nächste Erlebnis zusammen, an das sich August jetzt erinnerte. Eine Freundin seiner Mutter lebte in dieser Zeit als Untermieterin bei der Familie. August und sein Bruder mussten Tante Irmgard zu ihr sagen. Tante Irmgard hatte sich von ihrem Mann getrennt, der wie der Vater von August angeblich fremdging. Sie trennte sich deshalb von ihm und das Erlebte vertiefte nur noch mehr die Freundschaft zwischen Mutter und Tante Irmgard. Eigentlich wurde nur noch von den Dreckskerlen, den Männern gesprochen. Das belastete August ganz ordentlich, denn er befand sich auf dem Weg zum Mann mitten in der Pubertät. Er hatte sich kleine Zettel hergestellt, auf denen er nackte Frauen skizziert hatte. Es waren Strichmännchen, aber versehen mit den Andeutungen von Brüsten und Scham. Diese Zettel hatte August heimlich hergestellt, und er hütete sie wie einen Schatz. Immer wenn er sie betrachtete, bekam er pubertäre Wallungen, ging dann zur Toilette, legte die Bildchen um sich herum und onanierte. Eines Tages wurde die Badezimmertüre aufgerissen. Mutter und Tante Irmgard standen da und betrachteten den onanierenden, erschrockenen August. Der bekam einen hochroten Kopf und schämte sich abgrundtief. Mutter blies ihn an: „Hör auf damit, dass musst du beichten." August hatte schreckliche Schuldgefühle, die ihn über Wochen und Monate begleiteten. Die Schuldgefühle blieben, weil August es nicht lassen konnte zu onanieren. Der Trieb war stärker. Nur nach der Beichte, in der er von dieser Sünde berichten musste, nahm er sich vor, sich nicht mehr selbst zu befriedigen. Da er es aber nicht schaffte, war dieses Schuldgefühl nun sein ständiger Begleiter.

Die nächste Episode in seinem Lebensfilm war eine Straßenbahnfahrt. Sie führte ihn nach dem Schulbesuch vom Gymnasium nach Hause. Die Bahn war sehr voll, und nur noch die Behindertenplätze waren unbesetzt. August wählte sich einen solchen Platz aus und ließ sich dort nieder. Er wusste zwar, dass das für einen Gymnasiasten in der damaligen Zeit ein Tabu war, aber er protestierte so gegen Vorschriften. Er war ja in einem rebellischen Alter, wusste aber nicht, wo er sonst, außer hier rebellieren konnte. Die Bahn wurde immer voller. Ein alter Herr, man sah ihm an, dass er verbittert war, machte Stimmung gegen August, um sich des Sitzes zu bemächtigen, den der eingenommen hatte. Je lauter aber sein Gezeter wurde, je sturer wurde August. Das war eigentlich nicht seine Art, aber irgendetwas führte zu seinem Verhalten. Es war eine Machtprobe. Wer würde hier gewinnen? August sah den alten Mann mit verdrehtem Kopf an und hielt den Blick. Das war nicht einfach hier durchzuhalten, denn August spürte, dass sich die Stimmung in der Straßenbahn gegen ihn wandte. Mittlerweile war sie so aufgeheizt, dass August damit rechnen musste, gewaltsam vom Sitz entfernt zu werden. Dann kam zum Glück die Haltestelle, wo er aussteigen musste. Er stand nun auf, nicht normal, sondern wie ein hochgradiger Spastiker und sah den alten Herrn an. Als Schwerbehinderter humpelte August durch eine Gasse, die von Fahrgästen gebildet worden war. Alle die, die vorher mit dem alten Herrn einer Meinung waren, schauten nun betreten zur Seite. Man bot August sogar Hilfe beim Aussteigen an, die er aber mit Grunz Lauten, nicht mit Worten ablehnte. Die Straßenbahn musste zwei Ampelphasen warten, bis August ausgestiegen war. Auf der Straße angekommen, drehte der sich um und starrte von außen den alten Herrn an, mit einem Blick, der zeigen sollte, wie sehr der Kerl sich mit seiner Stimmungsmache schuldig gemacht hatte. August spürte vor der Straßenbahn stehend, wie die Stimmung in der Bahn umkippte und sich nun gegen den Alten richtete. Der war zum Schuldigen geworden. Als die Straßenbahn wegfuhr und August von den Fahrgästen nicht mehr zu sehen war, sprang der aus seiner starren, spastischen Haltung hoch und jubelte seinem Bruder entgegen. Der bewunderte den Mut seines Bruders mit den Worten: „Das hätte ich mich nicht getraut! Wahnsinn, was du da abgezogen hast!" Dieses Lob ließ August bis nach Hause fliegen. Schon im Flur der Wohnung erzählte er seiner Mutter, die in der Küche war, was er gerade erlebt hatte. Er wollte gelobt werden für diese Heldentat, die für ihn ein Sieg war, der Triumph eines Schülers über das Alter. Kaum war er mit seiner Geschichte am Ende, sein Bruder hatte die Erzählung kommentierend bestätigt, bekam August eine Tracht Prügel, die er nie mehr vergaß. Seine Mutter regte sich nicht über sein Spiel auf, sondern sie warf ihm vor, eine Krankheit simuliert zu haben. „Wer so etwas macht, bekommt auch ein solches Leiden! Bist du verrückt, ich versuche dich gesund zu halten und du machst so etwas." schrie sie August an und schlug noch fester zu.

Die Familie Bachschup hatte einen Hund. Purzel, ein Langhaardackel wurde von allen geliebt und war der erklärte Spielkamerad der Zwillinge. Wann immer es ging, tollten Purzel, August und Günter durch den Stadtwald. Nachts schmuggelten die Jungs den Hund in ihre Betten und ließen ihn dort schlafen. Mutter war zu dieser Zeit öfters abends weg und so waren die Kinder froh einen Aufpasser in der Wohnung zu haben. Zu dieser Zeit häuften sich auch die Besuche des Hausbesitzers bei der Mutter von August. Er war verheiratet und wohnte gegenüber in der Wohnung. Wenn er abends klingelte, rief er immer, er müsse etwas reparieren. Für August war das plausibel denn der Eigentümer war Installateur. Dann wurde er eingelassen. Oft hörte August nicht, wann der Installateur ging, da die Reparaturen länger dauerten und August darüber eingeschlafen war. Nach einem halben Jahr war nichts mehr kaputt, und der Installateur kam nicht mehr. August fiel auf, dass die Nachbarn nicht mehr so freundlich zu ihnen waren. Er musste ab sofort Purzel durch das Treppenhaus tragen, da es verboten war Haustiere zu halten. Purzel durfte auch nicht mehr bellen. Wochen danach wurde der Dackel krank. Er war vergiftet worden und starb auch daran. Mutter lagerte ihn im Keller und August musste da von seinem steif gewordenen Freund Abschied nehmen. Nachdem Mutter den Hund in die Tierkörperverwertungsanstalt weggeschafft hatte, erzählte sie überall, dass der Hund, ihr geliebter Purzel im Hause mit Rattengift vergiftet worden wäre.

Ein halbes Jahr nach Purzels Vergiftung wurde die Wohnung in Köln Lindenthal gekündigt. Der Besitzer bestand auf schnellste Räumung der Wohnung. Ein Kompromiss war nicht mehr möglich, da sich Augusts Mutter mit ihm angelegt hatte. „Dieser Mistkerl hat meine Scheidung im Arbeitsamt angegeben. Wir müssen raus, denn wir haben keinen Anspruch mehr auf die vom Arbeitsamt geförderte Werkswohnung." Sie war von dem Werkswohnungsberechtigten Hermann Bachschup geschieden. Außerdem hatte sie unerlaubt untervermietet. Ihr wurde gerade mal vier Wochen Zeit gegeben, die Wohnung zu verlassen. Es half auch nicht, dass Mutter überall erzählte, sie wäre vom Besitzer des Hauses sexuell belästigt worden. Das machte die Situation nur noch schlimmer.

Mutter hatte einen neuen Freund, der eine Ecke weiter eine Zahnarztpraxis betrieb. Der wollte sie angeblich heiraten, war aber zu August und seinem Bruder nicht besonders nett. Die Zwillinge wurden geduldet, mehr nicht. Mutter erzählte, dass sie wegen der Kinder auf diese Ehe verzichtet habe. Es war aber wohl eine Ausrede, denn den Jungen gegenüber sprach sie immer von dem unendlich hässlichen Mann. Jetzt war wieder ihre Mutter die Person, die helfen musste. Eine Wohnung in ihrem Mietshaus war frei und konnte von ihrer Tochter bezogen werden. Mutter erzählte, dass sie das Verhältnis zu Dodo publik gemacht hätte, wäre die Wohnung anders vermietet worden.

Mit diesem, ihrem Wissen hatte sie die Mutter und auch deren Geliebten im Griff.

12 ES WIRD LEICHTER

Auf dem Weg ins Licht registrierte August, wie schnell die ersten Jahre seines Lebens Revue passiert waren. Jetzt wurde ihm immer bewusster, dass er das durchlebte, um es endgültig hinter sich zu lassen. Es war vorbei, geschah zum letzten Mal. Er würde sich nie mehr wieder daran erinnern können. Es wurde heller. August ahnte, auf welchem Weg er sich befand. Dieser Spur zu folgen war schön, verlor er doch Last für Last. Eine nach der anderen fiel von ihm ab, machte ihn so unbeschwerter, leichter, ja entspannte ihn. Aus dem Dunkel kommend, führte dieser Weg direkt ins hellste Licht. August hatte ein derart brillantes, anziehendes Strahlen noch nie so bewusst gesehen und mit einem Gefühl federleicht getragen zu werden, ging er seiner eigenen Freiheit entgegen. August brauchte und wollte sich nicht mehr wehren, nicht mehr aufpassen müssen, nicht mehr beschützen! Es gab nur noch ihn, alles andere ließ er hinter sich. Bald würde eine Entscheidung fallen. Er war schon ganz eng bei sich, fühlte wie Gegenwart sich von Vergangenheit löste und sich in Richtung Zukunft bewegte.

13 ERPRESSUNG

Augusts Mutter verhielt sich nach der Kündigung wie ein verwundetes Tier, das angeschossen um seine Jungen kämpft. Jedes Mittel war ihr recht, also erpresste sie eine Dreizimmerwohnung in einem Mehrfamilienhaus ihrer Mutter.

„Ich lasse euch alle hochgehen, jeden, der mich um mein Erbe gebracht hat, jeden, der meine Ehe zerstört hat, jeden, der mich je gedemütigt hat, jeden von euch!" schrie sie der Mutter entgegen, und der Staatsanwalt hörte: „Dich Schwein zeige ich bei der Generalstaatsanwaltschaft an!"

Dodo gab sofort nach, dann auch die Oma von August. Beide hatten Angst, dass ihr langjähriges, moralisch zu verurteilendes Verhältnis zu einem öffentlichen Ereignis wurde. Ein Skandal musste unter allen Umständen vermieden werden. Vor allem war es Dodo, der um seine Karriere, seine Reputation als Staatsanwalt fürchtete. Einerseits lebte er die Woche über in Köln, in einer eheähnlichen Beziehung mit Augusts Großmutter, die er obendrein nach allen Regeln der Kunst als perfekter Gigolo ausnahm. Gleichzeitig demütigte er deren Tochter, bezeichnete sie als Bastard, ihre Zwillinge als neurotische Deppen, nannte sie sogar Kretins und spielte überall in der Damenwelt den Deckhengst! Andererseits aber war er in Wipperfürth verheiratet. Dort hatte er an den vielen

Wochenenden der vergangenen Jahre zwei eheliche Kinder gezeugt, die stolz von der Großmutter wie die eigenen Nachkommen behandelt wurden, oft August und Günter vorgezogen. Dodo hatte seinen Kindern und seiner Ehefrau Augusts Oma als Vermieterin vorgestellt. Dieser ‚Ehrenmann‘ rannte durch das tägliche Leben als ‚Herr mit weißer Weste‘, integer und einflussreich, denn von Staats wegen war er dazu auserkoren wie auch zugelassen, ein ungesetzliches, unmoralisches Verhalten der Menschen anzuklagen und zu ahnden.

Dies alles geschah im „Namen des Volkes, im Namen des Gesetzes!“

Privat verhielt er sich aber schlimmer noch als die Menschen, die er anzuklagen hatte.

Augusts Oma nahm das alles hin, aber ihre Tochter wurde darüber zur Erpresserin.

August und Günter kamen jetzt wieder ‚in das eigene Haus‘ wie Mutter es nannte. „Seht ihr Kinder, mein Vater hält seine schützende Hand über mich und über uns,“ beteuerte sie ihren Söhnen. „Ihr lasst doch eure Mutter mal nie im Stich, so wie man das mit mir getan hat? Ihr steht doch immer für eure Mutter ein? Aber wenn ihr nicht lieb seid, dann wird euch mein Vater auch strafen! Der beschützt mich nämlich, dass seht ihr ja!“ Bei diesem Vortrag hob sie den rechten Zeigefinger nach oben und ballte die übrige Hand zu einer Faust. Diese Drohung begleitete August ein Leben lang.

Auch in der neuen Wohnung lebten die Bachschups von Untervermietung. Augusts Mutter vermietete an einen Studenten, der im Souterrain wohnte, in einer von August und Günter ausgebauten Waschküche. Der wurde von ihr im Erdgeschoss bekocht und musste dafür August Nachhilfe in Latein geben. Ein Ford Mitarbeiter bekam ein Zimmer in der Wohnung, da er nur die Arbeitswoche über eine Unterkunft brauchte. Am Wochenende war dieser Mieter bei seiner Familie.

Die Großmutter zog nun auch in das Mehrfamilienhaus ein. Sie ließ sich eine Dachgeschoßwohnung ausbauen und lebte so 3 Etagen über den Bachschups. Dodo wohnte nicht mehr mit ihr zusammen, hatte durch die Anfeindungen der Tochter Angst bekommen aufzufallen. Er besuchte sie aber täglich nach seiner Arbeit am Gericht. Er schlich immer lautlos die Treppe hoch, um nicht Augusts Mutter zu begegnen. August konnte jederzeit seine Großmutter besuchen, ausgenommen waren jedoch die Nachmittage, an denen Dodo anwesend war. Am Wochenende waren Besuche rund um die Uhr möglich und oftmals gingen August und sein Bruder mit der Großmutter essen. Die Mutter von August gab sich friedlich, obwohl sie hinter vorgehaltener Hand die eigene Mutter in aller Form, wie eh und je diskriminierte. Die Mieter des

Hauses, die Nachbarn in den Häusern nebenan wussten im Detail, wie Augusts Mutter betrogen worden war, welche Affäre die Großmutter hatte, kannten die Rolle von Dodo und hatten Mitleid mit der gebeutelten Mutter von August und Günter. Die Großmutter wurde gemieden und hat in der ganzen Zeit keinen Kontakt zu anderen Nachbarn aufnehmen können. Ihr reichte es offensichtlich mit den Jungen zusammen zu sein. Auch eine Schwester von ihr wohnte um die Ecke herum.

Alle Weihnachtsfeste, Geburtstage und anderen Feste wurden groß und opulent in der Bachschup Wohnung gefeiert. Die Großmutter gab Geld für die Einkäufe, gab vor was sie gerne essen würde, und die Bachschups kauften ein, kochten, bedienten und säuberten alles. August sah ein Weihnachten nach dem anderen erneut ablaufen. Was hatte er geschuftet, eingekauft, beim Kochen geholfen, gespült, gedeckt, bedient und wieder gespült. Weihnachten war Stress pur, und dieses Fest lernte er hassen wegen der Arbeit, den Vorbereitungen und den Einkäufen davor. Eine Woche lang wurde vorgekocht, Heilig Abend gab es Gans, am 1. Feiertag wurde Kaninchen gegessen und am 2 Feiertag Wild. Zu allen Essen wurden unterschiedliche Gemüse gereicht, verschiedene Kartoffelspeisen, Nachtische und auch Suppen. Großmutter und ihre Schwester fanden sich zur Feier schon am frühen Nachmittag ein und begannen zu trinken. Vor dem Essen war ein

Alkoholpegel erreicht, der die Stimmung zu einer gefährlichen Spannung werden ließ, die sich nur noch entladen musste. Augusts Mutter hatte zu der Schwester von ihrer Mutter ein Verhältnis hergestellt, das auf den Vorwürfen aufbaute, die sie überall und immerwährend preisgab. So hatte diese Tante natürlich auch das Gefühl von Augusts Großmutter, um ihr Erbe elterlicherseits betrogen worden zu sein. Das wurde aber nicht ausgesprochen. Diese Tante nahm deshalb alles, was sie kriegen konnte, war sie doch als Witwe nur mit einer kleinen Rente ausgestattet. Ihre Schwester konnte ruhig bezahlen und sie freihalten. Warum etwas sagen, wenn man dadurch nur Nachteile gehabt hätte. Mit zunehmendem Alkoholpegel jedoch, fielen diese Schranken und es gab regelmäßig Krach. Damit waren diese Feste für August zum Horror geworden, da sie jedes Mal mit Tränen endeten. Sie dauerten immer bis zum nächsten Tag, da man sich an diesem wieder zum Essen versammelte. Man war wieder nüchtern, und das Spiel begann aufs Neue. Die Reste dieser Völlerei musste August noch bis Ende Januar essen. Es entstanden fürchterliche Spannungen, die fast ausschließlich durch Mutters Hetzerei und ihre finanziellen Abhängigkeiten geprägt waren.

Diese wurden vor allem deshalb deutlich, da die jugendlichen Zwillinge alt genug waren, Zusammenhänge begreifen zu können. 14 Tage lang Streit, täglich aufs Neue zeigten August, dass es nur um Geld, Macht und Niedertracht ging. Schlug sich Günter aus pekuniären Gründen auf die Seite der Großmutter, war es August, der seiner Mutter beistand und die Großmutter mit Verachtung strafte. August wollte nicht käuflich sein, Günter war es sofort.

Solche Weihnachten erlebst du nie mehr wieder, dachte August und sah den kleinen Jungen auf der Schaukel sitzen.

14 MUTTER HEIRATET

August und sein Bruder besuchten ein Gymnasium, als die Mutter ihren zweiten Mann Fred Reruem kennenlernte. Er war Bauingenieur und als freiberuflicher Statiker tätig. Fred nahm sich der Familie Bachschup an und sorgte für die Kinder wie ein leiblicher Vater. Die Ehe von Helene und Fred wurde am 10.05.1963 geschlossen. Die Zwillinge waren zu diesem Zeitpunkt so gut wie 17 Jahre alt, fast schon erwachsen.

Angeblich verwand die Großmutter von August diese Heirat nicht, war es doch ihrer Tochter gelungen einen Mann zu finden, der sie auch noch mit zwei, fast erwachsenen Kindern geheiratet hatte. Ihr eigenes Leben hingegen soll sie als gescheitert erklärt haben, hatte ihr Langzeitgeliebter sie immer noch nicht geehelicht. Aber reich war er geworden durch das Geld, das er in dieser Zeit von ihr erhalten hatte, schließlich lebten sie eheähnlich seit nunmehr fast 20 Jahren! Da war eine hübsche

Summe zusammengekommen. Mutter meinte, dass diese Aufrechnung schon an ihrem Ego kratzte und sie als Frau verletzte. Folgende Worte seiner Mutter musste August von da an immer und immer wieder hören. Worte, die seine Großmutter angeblich verbittert zum Besten gegeben haben soll, als der Wein ihre Zunge gelockert hatte: „Meine hässliche, unweibliche Tochter hat geheiratet, und ich musste mir einen Mann kaufen!"

Schnell erkannte die Mutter von August eine neu erworbene Macht, die sie nun als Verheiratete bekommen hatte. Die eigene Mutter konnte sie nicht mehr dominieren und beneidete sie. Das erzeugte eigentlich ihr größtes Wohlbehagen. So versuchte sie alle angehäuften Aggressionen loszuwerden, tabula rasa zu machen, sich im wahrsten Sinne des Wortes an ihrer Mutter für alle erlittenen Demütigungen zu rächen. Sie war sich doch der Unterstützung eines integreren Ehemannes sicher, opponierte nun massiv und lautstark überall gegen ihre Mutter und schuf Fronten, die nicht mehr aufzulösen waren. Es kam zum erbitterten Kampf zwischen Mutter und Tochter. Augusts Mutter setzte Schmähbriefe in Umlauf, leitete zum Nachteil der eigenen Mutter ein Entmündigungsverfahren ein und gab ihre Hasstiraden an Verwandte, Bekannte und Fremde weiter, ohne Rücksicht auf Verluste. Das hatte sie ja immer schon gemacht, jetzt aber diskriminierte sie mit der Sicherheit und der Chuzpe einer Gewinnerin. Unterstützt wurde sie von ihrem Ehemann, nicht verbal, aber er finanzierte alles.

Anzeigen bei der Generalstaatsanwaltschaft und auch Prozesse folgten. Diese wurden von ihr durch die Kraft jahrzehntelanger Unterdrückung erbittert und kompromisslos betrieben. Mit diesen Aktionen vollzog sie gezielt und bewusst den endgültigen Bruch und die Trennung von ihrer Mutter. Die bis dahin erhobenen Vorwürfe einer gedemütigten, hilflosen und verstoßenen Tochter wandelten sich um in Angriffe einer selbstbewussten, anklagenden Frau, die sich der vermeintlich Erniedrigten entledigen wollte. Wieder verstand sie es blendend, sich selbst als das geschundene Opfer darzustellen. Die Zwillinge studierten. August studierte Bauingenieurwesen, und außerdem besuchte er noch heimlich eine Schauspielschule. Günter studierte Architektur.

Fred, der neue Ehemann, ließ seine Frau schalten und walten, wie sie es für richtig hielt. Er finanzierte die aus Hass geborene Prozesswut der Ehefrau, die Studiengänge der Buben, und er baute noch ein Haus. Helene hatte endlich einmal Macht. Sie war finanziell in der Lage, Dinge zu bestimmen!

Dodo war im Zuge des Geschehens vom Dienst suspendiert worden und musste in den vorzeitigen, aber gut bezahlten Ruhestand gehen. Diese Strafe war ein Glücksfall für ihn, eine Beförderung, denn er konnte jetzt ohne Rücksicht zu nehmen andere ausnehmen, den Hengst spielen und die Puppen tanzen lassen. Er war Staatsanwalt a.D.. Die Zeiten moralischer Diskriminierung, wie in den Nachkriegsjahren waren endgültig vorbei. Man befand sich in den 68igern. Ein neues Zeitalter war angebrochen. Seine Frühpensionierung geschah auf Grund der Anschuldigungen von Augusts Mutter. Sie hatte finanzielle Vorteilsnahme vorgeworfen. Diese konnte jedoch nicht nachgewiesen werden aber die Kammer forderte den Staatsanwalt auf in den vorzeitigen Ruhestand zu gehen. Der Grund war, man wollte nicht, dass die Öffentlichkeit Wind von der Angelegenheit bekam, denn dann hätte man Details bekannt machen müssen. „Hinaus loben" nennt man dieses Verfahren.

Augusts Mutter lebte nun ein machtvolles Leben, ein standesgemäßes, wie sie es nannte!

Ganz die Fabrikantentochter gebend, lehnte sie die neue Freundin von Augusts Bruder ab. Die Tochter eines Briefträgers erschien ihr als ‚nicht standesgemäß'. Also machte sie sich auf den Weg, die Eltern von Günters Freundin zu besuchen. Sie wurde freundlich eingelassen, musste aber nach ihren Ausführungen, was kleine Leute und nicht standesgemäße Verbindungen betraf, die Wohnung fluchtartig verlassen.

„Das sind kleine Leute, bleibe da weg und bedenke, aus welchem Stall du kommst!" befahl sie Günter. Einerseits war da ihr Vater, der Fabrikant August Regnaz, andererseits kam auch ihre Mutter Katharina aus einer bekannten Kölner Fabrikantenfamilie. Fred Reruem dagegen war aus ‚kleinen Verhältnissen'. Er war bodenständig, ein echter Kölner, und er bekannte sich problemlos zu seiner einfachen Herkunft. Fred hatte sich vom Maurer zum Bauingenieur hochgearbeitet und nannte ein florierendes Ingenieurbüro sein Eigen. „Er hat etwas aus sich gemacht, da spielt die Herkunft nicht so eine große Rolle. Stil werde ich ihm schon noch beibringen! Mein Vater hat auch als kleiner Mann angefangen, die Fabriken aus dem Nichts aufgebaut," erklärte Augusts Mutter voller Dünkel.

Günter missbilligte den Besuch seiner Mutter bei den Eltern der Freundin. Nach einem Riesenkrach brach er mit seiner Mutter, seinem Stiefvater und seinem Bruder. Günter zog in eine freie Wohnung der Großmutter, unter dem Dach. Die lag direkt neben dem Penthouse seiner Großmutter. Sie sah hier die Möglichkeit, sich für all die Dinge zu rächen, die sie durch ihre Tochter erleben musste. Günter bekannte sich offiziell zur Oma, war so der Quelle des Geldes nahe und hatte beste Voraus-setzungen geschaffen, diese für sich zu erschließen. Auch konnte er seiner Mutter zeigen, wie sehr er sie hasste.

Oma Katharina finanzierte Günter die Wohnung, ein zweites Studium zum Wirtschaftsingenieur und eine von ihm gegründete Familie mit der Postbotentochter. Die zwei Kinder aus dieser Ehe hat Helene nie kennengelernt!

„Günter hat die Gene seines Vaters," war ihr Kommentar und sie fügte mit leidvollem Gesicht hinzu, „nun hat das Scheusal von meiner Mutter mir auch noch meinen Sohn genommen!"

August hat in dieser Zeit vergeblich versucht Kontakt mit seiner Oma aufzunehmen. Er, der Beschützer wollte zwischen Mutter und Tochter vermitteln. Keine Chance hatten seine Bemühungen, denn niemand war bereit, mit ihm zu sprechen. Wieso war seine Mutter immer noch die Leidende? Hatte sie nicht große Erfolge durch ihren Rachefeldzug erzielt? Waren ihre Mutter und Dodo nicht als absolute Verlierer gestraft genug? Augusts Mutter war schonungslos und brutal vorgegangen, wollte vernichten und zerstören, was ihr auch gelungen war. August hatte keinen Bruder mehr, auch keine Großmutter.

Schlagartig erkannte er, dass er damals keine Chance hatte, die Wahrheit zu erkennen. Er war zu jung, vertraute bedingungslos der Mutter und war deshalb zu einem ausgewogenen, kritischen Urteil nicht fähig. Schade, es wäre ihm viel erspart geblieben!

Wie gerne hätte August jetzt Kontakt zu KN aufgenommen, doch es misslang abermals, denn er war viel zu schwach und die Kraft reichte nicht für ein massiveres Vorgehen. ‚Ist das Leben nicht schön!' war das Einzige was ihn beruhigte. Ihm wurde plötzlich klar, dass es nur dieses Gefühl war, welches ihn diesen Höllenritt überstehen ließ.

August lebte nach wie vor bei seiner Mutter und seinem Stiefvater und hatte keinen Kontakt mehr zu seiner Großmutter, auch nicht mehr zu seinem Zwillingsbruder.

Im Zuge all dieser Geschehnisse waren Fred und Helene Reruem mit August Bachschup aus dem ‚elterlichen' Mietshaus ausgezogen und wohnten jetzt in einem anderen Vorort von Köln. Sie waren von Nippes auf die ‚Schäl Sick', nach Holweide gezogen.

15 STUDIUM BEENDET

August beendete seine Studien im Wintersemester 1969, nachdem er 2 Semester vertan hatte, was bei Reruems nicht goutiert wurde. Fred hatte alles mit 1,0 bestanden und Günter war schon vor 2 Semestern zum Diplom Ingenieur Fachrichtung Architektur geworden. August wurde von seiner Mutter stark unter Druck gesetzt. Gleichzeitig gab sie diese Vorgehensweise als eine von Fred gewollte an. August musste stillhalten, konnte nicht zuhause von zwei Studiengängen erzählen und auch nicht

davon, dass er Geld verdienen musste, um die zweite Ausbildung zu finanzieren. Ihm war keine großzügige Oma an
die Seite gestellt, die alles finanzierte. Seine Mutter passte
schon auf, dass August nicht im Überfluss lebte, sie hielt
bei allem den Daumen drauf. Er arbeitete deshalb heimlich, hart und verbissen an der Erfüllung seines Traumes,
Schauspieler zu werden. Das tat er abends und nachts, was
ihn dann auch die zusätzlichen zwei Semester seines Stu-
diums kostete. Tagsüber studierte er wechselweise beide
Studiengänge, und so wurde er dann noch fertig: Bauingenieur, Schauspieler wie auch Regisseur. August lernte seine
zukünftige Frau 1967 kennen. Sie war schon als Lehrerin
tätig, hatte also ihr Studium hinter sich. KN, wie er sie
nannte, war Vollwaise und nach dem Waisenhaus bei Pflegeeltern aufgewachsen. Die hatten sich aus ihrer eigenen
Familie rekrutiert, waren eine echte Tante und ein echter
Onkel. Auch in dieser Sippe gab es reichlich Streit. Hier
gab es die Erfolgreichen und die Verlierer. Zu Letzteren
gehörten KN's Pflegeeltern. Diese Gruppen trafen ständig
aufeinander und quälten sich gegenseitig. Sie hatten auch
noch Spaß daran. Pack schlägt sich, Pack verträgt sich, sagt
der Volksmund. Ein gefundenes Fressen für Augusts Mutter. Gleich stufte sie die Pflegeeltern als minderwertig ein
und behandelte sie auch so. Die Erfolgreichen in der Sippe
wurden akzeptiert und somit war sie bei diesem Krieg
auch wieder dabei. KN wurde von ihr akzeptiert, sah sie
in ihr das arme allein gelassene Waisenkind, eine Person,

die sie selbst gut kannte, hatte sie doch auch das Liebste verloren, was es in ihrem Leben gab, den Vater. Jemanden hervorheben, um andere niederzutreten war eine ihrer besten, geübten Vorgehensweisen.

Es war das erste Mal, dass August beschloss, mit Kompromissen Schluss zu machen, er wollte ab jetzt sein Leben autonom bestimmen und in keine Abhängigkeiten verstrickt sein. Wie er sein Leben gestalten würde, musste er selbst in die Hand nehmen. Dazu gehörte es auch, alte Zöpfe abzuschneiden und einen Neuanfang zu wagen. Vor allem kam das durch folgenden Impuls.

Im Zuge der Prozesswellen, die seine Mutter in Gang gebracht hatte, war er unfreiwillig zum Zeugen der Anklage geworden. Wen Anderen sollte die Mutter auch in ihrem verbissenen Kampf als Zeugen anführen, wenn nicht ihren zweiten Sohn, der ihrem richtigen Vater so gleich war. Es standen sich also jetzt die Brüder gegenüber, jeder auf einer heftig um sich schlagenden, aber unterschiedlichen Seite.

Was war das für ein Hohn? Bis vor kurzem, bis zur Aufgabe der Kindheit war August, Beschützer und Verteidiger seines Bruders gewesen, und jetzt stand er ihm gegenüber und ergriff gegen ihn Partei. August konnte es nicht begreifen, dass es möglich war, sich innerhalb einer Familie derart zu bekämpfen. Fataler war noch, dass dieser Kampf generationsunabhängig weitergeführt wurde. Hätte August nicht dieses Urvertrauen in seine Mutter gehabt, wäre ihm aufgefallen, dass sie die Initiatorin aller anstehenden Auswüchse gewesen ist. Vertrauen macht unkritisch, weil es aus Liebe erwächst. Die macht es aber zum Herrscher über einen Zustand, der nicht realistisch ist. Liebe macht eben blind.

Für Augusts Mutter war der Grund erneut gerichtlich vorzugehen wieder nur das Geld. Geld seines Großvaters, das durch die Streitereien immer weniger wurde. Seine Mutter, die immer noch den Verlust ihres anderen Sohnes durch die eigene Mutter beklagte, machte aber dennoch keinen Halt davor, den eigenen Sohn wie die eigene Mutter zu verklagen. "Wo gehobelt wird, fallen Späne, ich kann auf eigene Befindlichkeiten keine Rücksicht nehmen, denn meine Maßnahmen führen Günter vielleicht wieder auf den richtigen Weg," verteidigte sie ihr Vorgehen. August wollte das alles nicht, weil er einen Zwiespalt erkannte, den aber nicht verstand. Es war seine Familie, und gegen die konnte er doch keine Stellung beziehen! Wieso machte seine Mutter das? Unter dem Gesichtspunkt sich wieder als Opfer darzustellen, verwickelte sie August in ihre Streitereien. Die größten Attacken, die bösesten Vorgehensweisen rief sie ins Leben, immer im Namen dritter oder für andere. Sie war immer eine uneigennützige, sich opfernde Heldin, die sich für andere in die Schlacht warf!

August liebte seinen Bruder noch. Auch war seine Großmutter ihm nicht egal. Deshalb versuchte er sich verständ-
lich zu machen, indem er seine Mutter bat, mit Allem auf-
zuhören, um in Frieden mit Fred zu leben und die Familie
in Ruhe zu lassen.

"Du kannst doch mit deinem Mann in Frieden und Luxus
leben, das Leben endlich genießen. Du brauchst dir keine
Sorgen zu machen, bist gesund, dein Mann ist es, ich bin
es. Was willst du also mehr," formulierte August. Seine
Mutter machte das nur noch wilder, und sie bestand darauf, dass sie letztendlich für ihn kämpfte, um sein Erbe
zu retten! August wollte diesen Nachlass aber nicht. Er
machte ihr klar, dass er alles selbst erarbeiten und schaffen
würde, alles, was es für ihn zu erreichen galt. Er wollte
nichts erben! Und so ging es denn weiter, bestimmt durch
und nach den Regeln von Augusts Mutter. Sie war immer
noch die betrogene, alleingelassene, gedemütigte und jetzt,
sich für andere wehrende Leidende.

16 ERKENNTNIS

August lachte aus vollem Herzen. Er war erleichtert, während dieser Abschnitt des Lebensfilmes vor ihm ablief.
Hier wurde um Geld gestritten, dass längst nicht mehr da
war. Es gehörte in die Vergangenheit! Der ‚reiche' Fabri-
kantenenkel August war arm aufgewachsen, nie wohlhabend gewesen, musste sich durchschlagen, verfügte gerade

mal über das Nötigste und seine Mutter stritt um Reichtum, der immer verloren, gar juristisch nie vorhanden war! Aber um sich frei einer Schuld zu fühlen, betonte sie die Opferrolle und erklärte ihren Kampf, für andere zu kämpfen, nämlich für ihren Sohn August!

Diese, durch den bisher abgelaufenen Lebensfilm hervorgerufene Erkenntnis, ließ ihn aber auch den Kopf schütteln! Die Menschen hatten auf Erden alle nur denkbaren Freiheiten. Sie alleine bestimmten, wo es lang ging. Der Mensch schuf sich selbst seinen Himmel, seine Hölle oder etwas, das dazwischen lag. So entsteht durch jedes menschliche Lebewesen eine eigene, kleine und einmalige Welt. Ein Universum des Individuums, geführt von ihm als Regenten. Deswegen erklärte August seiner Mutter, dass er mit all dem, was durch sie angeleiert wurde, nichts mehr zu tun haben wollte. Zu seiner Freude schloss sich Fred seinen Vorstellungen an und versagte auch die Kostenübernahme. Wie von Zauberhand geführt, endete das Spektakel abrupt.

17 NEUANFANG

Die Prozesswelle war ausgegangen wie das Hornberger Schießen! Nur vier Dinge hatte Helene erreicht: die Trennung der Zwillingsbrüder, den eindeutigen Bruch zwischen Mutter und Tochter, die endgültige Abwendung des Sohnes von der Mutter und die Ablehnung eines

Pflegevaters durch einen seiner Pflegesöhne. Helene war also auf breiter Front gescheitert! Sie selbst empfand sich aber als Siegerin. „Jeder weiß nun, dass ich mir nichts mehr gefallen lasse," verkündete die Verliererin. „Du wirst es mir noch einmal danken," sagte sie zu August. Nur Dodo freute sich, brauchte er doch nicht mehr zu arbeiten. Er verheimlichte seiner Familie jedoch den vorzeitigen Ruhestand, um sein Leben in der von ihm geschaffenen Form bei zu behalten.

August wollte einen Neuanfang. Es galt Dinge zu ordnen, neue Wege musste er gehen, und er benötigte das Ablegen alter Zöpfe. Die Vergangenheit musste beendet werden, damit die Zukunft frei von Belastungen starten konnte.

Zunächst ließ sich August als Volljähriger von seinem Stiefvater adoptieren. Er wollte nicht mehr den gleichen Namen tragen wie sein leiblicher Vater und sein Bruder. August wollte die Vergangenheit vergessen, weg von der Großmutter, raus aus dem Käfig, der seinem bisherigen Leben ein zuhause war. Seine Mutter Helene war versorgt, sie brauchte ihn nicht mehr als Wächter. Sie wurde nun beschützt und abgesichert von Fred. Den Bruder, dem er auch Hilfe und Schutz gelobt hatte, hatte er durch Mutters Aktivitäten verloren. Er brauchte ihn jetzt auch nicht mehr. Seine als Kind gegebenen Versprechen waren erfüllt, August hatte Wort gehalten. Er ging ohne Last auf den Schultern in eine unbelastete Zukunft über.

Die Zwillinge trugen nun unterschiedliche Nachnamen. Sie hießen nun Reruem und Bachschup. Kein Mensch auf dieser Welt würde vermuten, dass sie gemeinsam als Zwillinge geboren waren, dass sie die Kindheit zusammen verbracht hatten! Nach außen hin stellten sie noch nicht einmal ein Geschwisterpaar dar. Darüber hat Augusts Mutter nie nachgedacht, sie hat immer nur ihre Beschränkungen gesehen und vorausgesetzt, dass August ihr Leid teilte und miterlebte.

August wollte auch aus anderen Gründen die Adoption, die Anerkennung der Vaterschaft durch Fred Reruem. Es waren die Achtung, die er seinem Stiefvater entgegenbrachte, die Dankbarkeit, von ihm angenommen worden zu sein, dann aber auch seine Liebe zu ihm. Er wollte seinem Stiefvater ein ‚leiblicher' Sohn sein. So den Menschen ehren, der ohne Einschränkungen einem jungen Mann die Entwicklung und Ausbildung ermöglicht hatte, die aus vielen Gründen unmöglich schien. Fred hatte sich wie ein Vater bewiesen, ohne Wenn und Aber! Ein derartiges Verhalten, eine solche Liebe hatte August in den ersten 17 Jahren seines Lebens entbehrt und deshalb auch wirklich vermisst. Er sah sich voller Stolz am 10.12.1970, mit ‚seinem' Vater das Notariat verlassen. Er war 24 Jahre alt, als er mit dem Mann, dessen Namen er jetzt trug, hinaus in ein neues Leben ging. Ganz deutlich spürte er das nie erlebte Gefühl zwischen Vater und Sohn. Er bewegte sich wie ein anderer Mensch, neugeboren, glücklich, stolz, und das war das Wichtigste, behütet und beschützt. Das hatte er bis hierhin nicht gekannt.

August hatte mit dem leiblichen Vater nichts mehr zu schaffen, der lag hinter ihm und war Vergangenheit!

Er spürte ganz deutlich, wie er sich von alten Lasten befreit hatte. Spürte wieder, dass alle Kraft, die er zum Schutz der Mutter und auch des Bruders aufzuwenden hatte, frei geworden war. Diese Kraft konnte er nun für sein eigenes Leben einsetzen. Das Glück beseelte ihn. Er wusste jetzt auch, dass sein zum Lebensbeginn eingeschlagener Weg ihn eingeschränkt hatte. Dieser Pfad behinderte ihn, sich selbst zu entwickeln. Diese Erkenntnis fiel ihm wie Schuppen von den Augen. Nicht mehr unter dem Zwang von Emotionen handeln zu müssen, den Verstand einsetzen zu können und bewusst vom Kopf her abzuwägen, dass konnte August in Zukunft verwirklichen. Lächelnd drehte er sich in seinem Bett und hörte sich rufen: „Ist das Leben nicht schön!"

18 DOPPELSPIEL

August Reruem stürzte sich kopfüber in das gerade begonnene zweite Leben. Der neue Name schien ihn zu beflügeln. Er arbeitete ohne Pause, als Bauingenieur, als Schauspieler und als Regisseur. Alles, was er anfing, brachte Erfolg.

Vor allem das Theaterspielen half ihm sehr, seine Vergangenheit hinter sich zu lassen. Hier hatte er die Möglichkeit in Rollen zu schlüpfen, ein anderer zu sein. August trainierte so mit der Profession des Schauspielers den vermeintlichen Rollenwechsel, den er gerade vollzog. Er erkannte, dass dieser wunderschöne Beruf ihm viele Parallelen zu seinem Leben aufzeigte. Durch die Rollen wurde er ein neuer Mensch, ähnlich wie es in seinem Leben geschehen war. Er wusste aber genau zu unterscheiden zwischen dem Irrationalen des Scheins und dem Rationalen des Seins. Er war schließlich auch Mathematiker. Für August gab es einen gewaltigen Unterschied zwischen seinem Leben und dem von ihm gespielten Theater. Der machte ihm Vieles klar. Das erste Leben, das er hinter sich gelassen hatte, war keine Fiktion, es war Realität und nicht der Schein des Irrationalen! Er hatte es erfahren und erlebt, hatte jetzt diesen Teil für abgeschlossen erklärt. Aber dieser Teil war nicht vorbei, er war nur anders bewertet. Er war nicht beendet wie eine Vorstellung, die die Zuschauer nach Hause entlässt. Sein erstes Leben war zumindest namentlich und auch zum größten Teil familiär nicht mehr existent. August hatte sich gehäutet, glaubte frei und erwachsen geworden zu sein, aber die Vergangenheit hatte dessen ungeachtet Bestand! Sie war in das Unterbewusstsein verschwunden, jederzeit wieder abrufbar. Nichtsdestoweniger machte die Tatsache ihn glücklich, dass er nach den Aufführungen in sein neues zweites, erst kurz bestehendes Leben zurückkehren durfte. So merkte er auch nicht, dass er wieder beschützte. Nur die Personen waren andere geworden. Eine Ausnahme bildete die Mutter.

Das Bild von der Schaukel war wieder allgegenwärtig: ,Das Leben ist schön'. Mit KN, seiner großen Liebe schwang August nun gemeinsam auf der Schaukel des Lebens hin und her. Gemeinsam streckten die Verliebten die Beine nach oben, schmissen sie dann zurück unter den Sitz, um Geschwindigkeit aufzunehmen, um in das tiefe Blau des Himmels einzutauchen.

August begann ein Leben als Freelancer. Er arbeitete freiberuflich, um für alles offen zu sein. Es war ein großes Glück, dass die Zeit zu Beginn der 70iger Jahre so etwas zuließ. Er wusste, dass er Probleme hatte sich anzupassen. Unterordnen war kaum möglich. Das lag an seiner Vergangenheit, wo er ganz klein schon große Entscheidungen treffen musste. Ganz deutlich sah er sich immer wieder mit seinem grauen VW Standard, der 1953 hergestellt worden war, auf den Kunden- und Direktoren- Parkplatz eines Großkonzerns fahren. Für Mitarbeiter, auch die freiberuflichen war hier das Parken absolut verboten. Diese mussten 2 Kilometer entfernt ihre Autos abstellen. August aber empfand sich nicht dieser Gruppe zugehörig. Er ordnete sich als Kunde des Großkonzerns ein. Seine Dienstleistung als Bauingenieur wurde von dem Konzern gekauft. Natürlich fiel sein Parkverhalten auf. Ein fast 20-jähriges, verrostetes Automobil der Arbeiterklasse stand zwischen den Daimlern und den anderen Nobelkarossen der damaligen Zeit. Das hatte auch etwas von Aschenputtel, von Jeanne d´Arc, oder von Don Quichotte. Täglich legte er sich so mit dem Werkschutz an. Aufforderungen, sich zu melden, kam er nicht nach. Das führte dazu, dass er vom Werkschutz verfolgt wurde. Erst nach über 5 Monaten hatte die Verfolgung den erforderlichen Erfolg. Diese lange Zeit brauchte es, über die Polizei den Namen des Halters zu ermitteln. Nun wurde August zum Leiter der Bauabteilung bestellt. Ein persönliches Gespräch zwischen ihm und seinem Auftraggeber sollte zum Ahnden des Parkverhaltens führen. Es kam aber anders. August bemerkte bei dem Konzernmitarbeiter eine ihm widerstrebende Arroganz, eine Machtpotenz durch Hierarchiedenken, sowie eine altvordere Einstellung Untergebenen und Auftragnehmern gegenüber und eine daraus entstandene Willkür. Diese Hybris rief seinen Protest hervor. Er ließ den Manager berichten, um ihn dann lautstark mit den Mitteln eines Schauspielers zu attackieren. Das hatte dieser Chef nicht erwartet, waren doch in seinem Leben davor nur unterwürfige Untertanen sein Spielzeug gewesen. Er rang nach Luft und fast kollabierend, die Kündigung herausbrüllend, schmiss er August aus seinem Büro. Den attackierenden Auftritt von August hatten viele festangestellte Mitarbeiter von außen, durch die geschlossene Türe miterlebt. Hier befand sich nämlich ein Großraumbüro, in dem etwa 30 Mitarbeiter arbeiteten. Diese Menschen freuten sich darüber, dass jemand den Chef anzugreifen gewagt hatte. So konnte August, auch noch mit dem Gefühl eines Siegers, den Großkonzern verlassen, für den er nie mehr arbeiten musste.

Arbeit war sofort wieder vorhanden. Sein Vater beschäftigte ihn in seinem Bauingenieurbüro, aber nicht als Sohn, wieder als freiberuflichen Bauingenieur, der aber die Leckerbissen des Büros zur Bearbeitung erhielt. Er konnte nun seine Zeit frei und selbstbestimmend einrichten, musste aber die Termine einhalten. Damit hatte August nun den Rücken frei, um als Schauspieler und Regisseur zu arbeiten. Er war eben sein eigener Herr.

In seinem künstlerischen Metier galt er anfänglich als äußerst arrogant, bestimmte er doch die Rollen, die er spielte. Finanziell unabhängig durch den Beruf des Bauingenieurs, brauchte er nicht zu buckeln, um eine Rolle zu erhalten. August verlangte, er bat um nichts! Er spielte aber alles was ihm interessant erschien und ihn weiterzubringen versprach. Seine große Liebe KN und er selbst waren sich einig, erst dann zu heiraten, wenn man finanziell unabhängig wäre. Diesen Zustand erreichten Beide mit dem 26.03.1971. An diesem Tag heirateten die Liebenden.

Leider erkannte August auch hier nicht, dass es wieder seine Mutter war, die einen Konkurrenzkampf zwischen den neuen Familien entfachte und damit eine neue Front eröffnete.

Als erstes erklärte sie KN zur leiblichen Tochter, sehr zum Verdruss der Pflegeeltern. KN nahm das dankbar an, war sie doch bis dahin nur ein Pflegekind gewesen, eines, dass immer die leiblichen Eltern vermisst hatte. Augusts Mutter agierte hinter dem Rücken der Pflegeeltern. „Das sind Menschen, die Unruhe stiften, um zu stören, wenn nicht zu zerstören," klagte sie an! KN, ehrlich und aufrichtig wie sie war, hatte sich aus Dankbarkeit über die gezeigte Zuneigung mit großer Freude der ‚leiblichen' Mutter zugewandt und sich ihr mit ihren aus der Vergangenheit resultierenden Nöten und Ängsten anvertraut. Helene zeigte großes Verständnis für alles und förderte so einen immensen Aggressionsaufbau gegen die Pflegeeltern. Sie erklärte die Pflegeeltern für nicht standesgemäß, war sie doch wieder die Fabrikantentochter wie auch die Ehefrau eines Freiberuflers! Nur wenige, nämlich die aus KN´s Familie, die immer schon über KN 's Pflegeeltern standen, waren nach ihrem Geschmack und wurden anerkannt. Es waren die durch Arbeit reich gewordenen Verwandten von KN, deren Empfindungen einem ehemals armen Waisenkind gegenüber von Pflichtgefühl, vielleicht auch Mitleid geprägt worden waren.

Augusts Mutter hatte ein neues Spielfeld. Sie erzählte jedem ihre Familiengeschichte von Betrug, von Verlust und mangelnder Liebe, unabhängig davon, ob man es hören wollte oder nicht! Sie hatte ein neues Publikum.

Sie war wider die gebeutelte Fabrikantentochter, durch die eigene Mutter um ihr Millionenvermögen betrogen, vom Vater der Zwillinge, der ein notorischer Fremdgänger war, im Stich gelassen und von einem ihrer Söhne verlassen und verraten! Der Mann an ihrer Seite, der ihr das Leben jetzt ermöglichte, war nach ihren Worten ein guter Mann, aber leider auch nicht standesgemäß. Sie hatte oft wegen seiner ehrlichen, direkten und auch bodenständigen Art Schwierigkeiten mit ihm. Somit bestand ihr Leben wieder nur aus ertragenem Leid und aus Verlusten. Das waren eben ihre Werte, ihre Verdienste. Darüber stellte sie sich dar, und sie war sich nie sicherer, so die begehrte Anerkennung zu finden.

Mit dem von ihr dargestellten, dem durch sie bewältigten Lebensweg, vermittelte sie den Eindruck einer mittig im Leben stehenden Frau. Sie, immer wieder kämpfend, hatte es geschafft, eine Frau zu werden, die mit jedem Leid fertig geworden war. Sie ließ jeden noch so argen erfolgreich überstandenen Schicksalsschlag hinter sich, residierte im eigenen Haus und lebte dazu auch noch im Wohlstand. „Mein Vater hält seine schützende Hand über mich! Jeder, der mir nicht folgt, der sich mit mir anlegt, wird von ihm bestraft! Das weiß ich, weil ich es oft genug erlebt habe! Er hält sein Versprechen."

Die neuen Verwandten waren schnell mit der Familie von Augusts Mutter vertraut. Bekannt mit dem großartigen, verstorbenen Vater, dem Biest von noch lebender und Erbe verprassender Mutter, dem geschiedenen immer streunenden Ehemann, dem entgangenen Erbe, dem verlorenen Sohn und dem neuen Ehemann, dem Manieren noch beigebracht werden mussten. Jeder wusste auch, dass August dem Großvater so ähnlich war.

Das alles hätte August auffallen müssen, denn er war der einzige, der die früheren Verhältnisse seiner Mutter kannte. Der aber erkannte zu diesem Zeitpunkt nicht, dass hier wieder etwas entstanden war, was im Zeitverlauf nicht gut gehen konnte.

19 NEUES STUDIUM

August und seine Frau lebten wie in einen Rausch. Sie kannten sich jetzt fast 5 Jahre und wohnten in einer schönen Dachgeschossetage, getrennt von den Familien. Die Familie von August wohnte in der Nähe, die von KN 80 km weit entfernt. Die Eheleute konnten sich alles leisten, es gab keine Probleme. Beide waren zufrieden in ihren Berufen und gingen auch darin auf.

August wurde noch Fachlehrer, was in dieser Zeit möglich war. Durch die politische Umstellung von Schwarz auf

Rot gab es eine Bildungsreform. Das Motto in dieser Zeit lautete, jedem sein Abitur, jedem sein Studium, arbeiten werden schon andere. Deshalb waren Lehrer Mangelware, also mussten Pädagogen her. August stellte sich sein zukünftiges Leben als morgendlich agierender Lehrer vor, der am Abend Theater spielen konnte und durfte. Sein Studium bezahlte der Staat. Der Einsatzort im Referendariat war eine Berufs – und Fachoberschule für Technik in Köln. August und KN hatten gemeinsam Ferien, verreisten oft in ihr Lieblingsland nach Spanien und genossen das Leben. August hatte ein Händchen für Schüler, wahrscheinlich aufgrund seiner Theater- und Schauspielausbildung. Er schrieb für einen Bundeswettbewerb der Berufsbildenden Schulen ein Theaterstück, eine Art Musical und studierte dies mit einer Abiturklasse der Fachoberschule ein. Die Aufführung wurde ein Triumph. Nach dem regionalen Landesauswahlwettbewerb gewann diese Inszenierung die nationale Bundesauswahl und wurde vom Fernsehen als Bundessieger aufgezeichnet. Von da an hatte August in seiner Schule mit bald 1500 Schülern absolute Narrenfreiheit. Sein Schuldirektor, der ein tiefrotes Parteibuch sein Eigen nannte, war ihm derart dankbar, dass er ihm alle möglichen Freiheiten gestattete, angefangen bei der Stundenplan- bis hin zur Unterrichtsgestaltung.

Augusts Adoptivvater hätte es zwar gerne gesehen, wenn er in das Bauingenieurbüro eingestiegen wäre, duldete aber ohne Murren den Weg seines Adoptivsohnes. Es fehlte ihm allerdings das Verständnis für das, was der junge Mann tat.

Augusts Mutter arbeitete nun daran, das bedingungslose, wie auch absolute Vertrauen von KN zu erlangen. In allen Lebenslagen drängte sie sich in die Rolle einer Beraterin. Sie war die kluge, verständnisvolle, weise, erfahrene, verschwiegene und die starke Frau, eben eine Bilderbuch-Mutter. Ein Mensch, der die Familie schützt, die das Leben uneigennützig zum Wohle der Kinder, des Mannes und der Familie lebt und bezwingt. Sie war immer da, wenn man sie brauchte, auch dann, wenn man sie nicht benötigte. Ihre Hilfe war omnipräsent, auch wenn keine Unterstützung von Nöten war. Es war genau die Mutter, die man sich vorstellt, und die KN als siebenjähriges Kind verloren hatte. Ein Mensch, der die eigene Mama ersetzen konnte.

20 SOHN

Um 02:58 Uhr in der Nacht am 22.06.1972 wurde Michael, der Sohn von August und KN geboren. Eigentlich war der kleine Mann einen Monat zu früh. Der behandelnde Professor hatte durch Unachtsamkeit vier Wochen zu früh die Fruchtblase zum Platzen gebracht. Die nun notwendig gewordene Einleitung der Geburt schwächte KN enorm, vor allem aber die noch nicht vorhandene Bereitschaft ihres Körpers für eine Niederkunft. August wusste um alles, hatte es aber abgelehnt, entgegen dem damaligen Zeitgeist bei der Geburt dabei zu sein. Das war keine Feigheit von ihm, es war der Respekt und die Achtung vor Menschen in einer Ausnahmesituation. August würde auch heute wieder so entscheiden!

Die Geburt gehört allein der Mutter und dem Kind. Erst danach ist der Vater erforderlich.

Plötzlich fiel dem sterbenden August das Atmen nicht mehr schwer. Ganz von alleine ging das, und er erkannte die Herrlichkeit des damals erlebten Augenblickes wieder. Er wusste sofort, dass das mit Unsterblichkeit zu tun hatte.

August informierte am frühen Morgen seine Familie und die Pflegefamilie seiner Frau. Die Geburt des ersten Stammhalters erforderte ein unvergessliches Geschenk. Auf Empfehlung des stolzen Großvaters kaufte August einen Ring. Mit der frisch gebackenen Großmutter als Beraterin an seiner Seite musste August von 8.00 Uhr bis um 9.00 Uhr vor einem Juweliergeschäft warten. Erst dann öffneten die Türen dieses Hauses. Währenddessen hatte sich der mit Blumen bepackte Opa schon vor 8.00 Uhr auf den Weg gemacht, die junge Mutter zu beglückwünschen. Um im Krankenhaus der Erste zu sein, hatte er absichtlich alle anderen Mitglieder der kleinen Familie nach Bergisch

Gladbach zu einem bekannten Juwelier geschickt! Seine Anwesenheit im Krankenhaus überraschte vor allem Augusts Mutter. „Der rationale und pragmatische Statiker lässt sich durch eine emotional geprägte Vorgehensweise leiten" staunte sie ungläubig, hatte doch ihr Mann etwas gemacht, was eigentlich zu ihrem Metier gehörte. Auch hatte er schon den Enkel gesehen, was August und Großmutter staunend und glücklich nachholten.

Welches Glück August gespürt hat, als er seinen Sohn zum ersten Mal sah, lässt sich wieder nicht beschreiben, dieses Glücksgefühl ist nicht in Worte zu fassen. Es hat die Dimension eines Wunders. Das zum ersten Mal Erlebte, macht stumm und führt nach innen, zurück zum Ursprünglichen. Das ist ein Moment, den man mit niemandem teilen kann und auch nicht will. Egal, was das Leben aus der Verbindung zwischen Vater und Sohn macht, dieses Ereignis ist und bleibt das Wunder des Lebens.
August stand dankbar und stolz vor etwas Unbegreiflichem, nämlich einem neuen Menschen, der einen Weg begann, den er selbst schon eine Strecke gegangen war.
KN war berauscht von ihrem Söhnchen. Sie, die ihr Leben als Lehrerin, Kindern gewidmet hatte, durfte in Zukunft den eigenen Sohn durch die Welt begleiten, ihn in den Armen halten und ihn liebkosen. Wenn diese Momente der Liebe stattfanden, war ihre eigene körperliche Schwäche vergessen, es zählte nur noch ihr Sohn. So sehr dieser

kleine Mann ihr auch half die eigene Krise zu vergessen, so sehr machte er ihr Sorgen, weil er nicht trank. Augusts Mutter bemerkte überschwänglich: „Endlich habe ich meinen eigenen Enkel, die von Günter werden mir ja vorenthalten!"

Michael musste wegen seiner mangelnden Nahrungsaufnahme in den Brutkasten. Körperlich war er zwar in der Lage zu leben, war aber zu schwach zum Trinken. Aus eigener Kraft konnte er das nicht bewerkstelligen, er musste zwangsernährt werden. Ihm fehlten einfach diese 4 Wochen, um den richtigen Biss für das Leben zu haben. August und KN waren sehr beunruhigt, hatten sie doch eine Riesenangst um Michael. Durch seine geringe körperliche Kraft nahm Michael ab und leider nicht zu, was für das Leben erforderlich gewesen wäre. Damit näherte er sich einer lebensbedrohlichen Krise. Die Ärzte sahen nur noch eine Möglichkeit für Michael, den Brutkasten. Hatten August und KN ihren Stammhalter schon oft in den Armen halten dürfen, so wurde er ihnen jetzt wieder weggenommen.

Augusts Mutter versuchte aufzuheitern und herunterzuspielen. Sie brachte die Erfahrungen von ihrer Geburt der Zwillinge ins Spiel. Dabei legte sie fest, dass es bei denen viel schwieriger gewesen war, dass die medizinischen Bedingungen viel schlechter gewesen waren und last but not least Michael ein ‚Frühchen' war und obendrein noch ein fauler Junge. Gnadenlos erwähnte sie auch, dass fast alle Menschen in der Familie von KN wie Hungerleider aussahen und deshalb der Junge auch nichts zu zusetzen habe. Diese Aussage führte sofort zu Schuldgefühlen bei KN, die mit ihrer Konfektionsgröße von 38 weit unter der ihrer Schwiegermutter lag. Die hatte stolze 48 vorzuweisen.

Erst die Aussage des Professors, der Tage später mitteilte, dass Michael sich erholen würde, machte die Eltern ruhiger. Dank des Brutkastens ging es mit Michaels Entwicklung aufwärts. Er erholte sich und nahm zu, jetzt den Regeln der medizinischen Kunst folgend.

KN erholte sich langsam von den hinter ihr liegenden Strapazen. Ein Spritzenabszess bildete sich nur zögernd zurück, eine Dammschnittentzündung verheilte durch Antibiotika nicht schnell, aber stetig. Das Schlimmste für die junge Mutter war aber, dass sie ihr Kind nicht mehr sehen konnte. Sie durfte aufgrund ihrer körperlichen Konstitution das Bett nicht verlassen. Das deprimierte sie extrem und raubte ihr die Kraft für eine schnelle Genesung. August fragte den Professor, wie lange Michael noch brauchen würde, um aus dem Brutkasten zu kommen und erhielt als Antwort: „Rechnen Sie mal mit gut 4 Wochen!"

Augusts Mutter hatte den Pflegeeltern von KN indes klargemacht, dass es ein schlechter Zeitpunkt wäre nach der Pflegetochter und dem Neugeborenen zu sehen, da beide noch viel zu schwach waren. Die Pflegeeltern folgten auch der autoritären Anweisung und kamen nicht. Die unwissende KN wurde durch das Nichterscheinen ihrer Pflegeeltern noch deprimierter.

August handelte jetzt. Er klärte die Verhältnisse in der Klinik ab. KN konnte aus medizinischer Sicht entlassen werden. Sie sollte und musste sich aber körperlich wie auch seelisch erholen. Michael benötigte noch 4 Wochen in der Klinik. Augusts Mutter versprach, nach ihrem Enkel zu sehen! August packte sich seine KN und flog mit ihr in die Sonne. Auf Teneriffa gab es Freunde, bei denen man sich geistig und körperlich erholen konnte. Dies erwies sich als die richtige Entscheidung. KN ging es täglich besser. Die jungen Eltern erholten sich gemeinsam, Hand in Hand. Sie tankten Kraft, obwohl sie von ihrem Kind getrennt waren. Die täglichen Telefonate mit der Großmutter unterstützten sie dabei entscheidend. Sie bestätigten, dass es Michael immer besser ging. So verstrich die Brutkastenzeit von Michael wie im Fluge. An Körper und Seele genesen, kehrten August und KN nach Köln zurück. Beide hatten nur noch einen Gedanken im Kopf: ‚Michael kommt nach Hause! ʼ

Noch am selben Tage holten sie ihren Sohn aus der Klinik ab. Der hatte sich prächtig entwickelt, verfügte nun über den nötigen Biss zum Leben und schrie wie am Spieß. Michael war jetzt zuhause, sie waren zu dritt und die Familie war komplett! Alles war plötzlich anders, es war ein neues Leben.

Michael war klein und zierlich, verfügte über den Körperbau seiner Mutter. Die Eltern hatten Angst ihn beim Anfassen zu zerbrechen. Doch Augusts Mutter nahm die Angst, war immer zur Stelle und stand mit Rat und Tat zur Seite. Ihre Erfahrungen wurden durch August und KN dankbar angenommen und halfen die anfänglichen Unsicherheiten des jungen Paares zu beseitigen. Schnell hatte sich eine Routine entwickelt, und nun hatte das Leben einen gänzlich anderen Wert. Da sich die Eltern eine Hilfe leisten konnten, hatte Michael noch eine weitere Bezugsperson. Henriette sollte ihn über mehrere Jahrzehnte seines Lebens begleiten.

Jetzt durften auch KN´s Pflegeeltern zu Besuch kommen, um ihren Enkel in Augenschein nehmen. Augusts Mutter zeigte bereits bei dieser Zusammenkunft unmissverständlich an, wie sehr sie die Oma war, und wie wenig die Pflegeeltern großelterliche Rechte hatten. Wie ein Panzer überrollte sie mit dieser Auffassung alle Beteiligten, ohne dass auch nur einer von ihnen reagierte, gar intervenierte! Leider fiel diese Vorgehensweise auch nicht den jungen Leuten auf, waren hier doch abermals Fundamente für zukünftige Konflikte errichtet worden. August und KN waren zu jung und unbedarft. Sie konnten diese Vorgehensweise in der ganzen Konsequenz nicht durchschauen, zumal beide wirklich sauer waren, die anderen Großeltern nicht nach der Geburt im Krankenhaus gesehen zu haben. Von dem Verbot wussten sie nicht und haben erst viel später davon erfahren.

Dieser Besuch beschwor also den Umstand herauf, dass Michael nie in seinem Leben einen familiären Kontakt zu den Pflegeltern seiner Mutter entwickeln würde.

21 IRRWEG

Die politische Situation machte August zu schaffen. Er war zwar ein unpolitischer Mensch aber jemand, der seinem eigenen Geist folgte. Nichts hasste er mehr als Bevormundung, Einschränkung von Rechten, Ungerechtigkeiten und falsch verstandene Demokratie. Er achtete den Menschen an sich und unterwarf sich keiner Ideologie. Umso schlimmer empfand er jetzt die gebotene Freiheit der Bildung! Die rote Regierung, und auch das junge Pflänzchen der Grünen propagierte Chancengleichheit und versuchte jedem ein Studium zu ermöglichen. Die Befähigung wegen vorhandener Intelligenz wurde dabei nicht beachtet, es ging um Masse statt um Klasse. Da August den Bonus des gewonnenen ersten Preises immer noch als Trophäe in seinen Händen hielt, wurde er auch mit Vertraulichkeiten seitens des Direktors bedacht, die üblicherweise dem einfachen Lehrkörper verborgen blieben. Es gab von der Regierung vorgegebene

Schülerquoten, die mit dem sogenannten Fachabitur durchzubringen waren. Das fing schon bei der Aufnahmeprüfung an. Diktate des dritten Grundschuljahres mit einem einfachen Schwierigkeitsgrad, von KN herausgesucht, hatte August als Prüfung schreiben lassen. Dieses Level war die Vorgabe des roten Schuldirektors, und die abgegebenen Arbeiten hatten eine durchschnittliche Anzahl von 43 Fehlern. Bedenkt man die Länge des Diktates, so bedeckte das Schriftbild gerade mal eine DIN A5 Seite. Nach der Korrektur von August und der dafür erforderlichen roten Tinte, sahen die Blätter aus wie abstrakte Kunstwerke eines Malers, der seinen Weg noch nicht gefunden hatte. August war entsetzt, vor allem auch, weil er sich mit dem Theater beschäftigte und hier den Untergang der Kultur witterte. Aber die Politik bestimmte, und deren Erfüllungsvasall, der Oberstudiendirektor legte fest, dass 36 Fehler noch mit „ausreichend" zu bewerten waren. Schließlich hatten sich diese Menschen ja schon im Berufsleben bewährt, einen Gesellenbrief in der Tasche! Die einzige Bedingung für die Zulassung zu dieser Aufnahmeprüfung bestand darin zwei Jahre in einem abgeschlossenen Lehrberuf gearbeitet zu haben. „Legastheniker eben", entschuldigte der Direktor die Fehlerquote! Die so eingefangenen, zur Weiterbildung bereiten Schüler beiderlei Geschlechtes mussten nur eines, eben die politisch vorgegebenen Quoten erfüllen. Dies geschah zum Ruhme und zur Ehre der Regierenden. Die Plätze waren geschaffen, man füllte sie, und man verkaufte das Ganze unter den Wählerstimmen bringenden Slogan: ‚Bildung für alle!'

August machte dieses Geschehen nur noch zweimal mit. Er kündigte mit der Begründung, unpolitisch wie er wäre, nicht diesem politischen Diktat folgen zu können. Bildung war mit Sicherheit für alle da und sollte auch jedem geboten werden. Die Grenzen aber bestimmten die Menschen selbst mit ihrer eigenen Intelligenz, nicht eine zu erfüllende Quote, festgelegt von politischen Instanzen! Alle waren entsetzt, die Familie, der Oberstudiendirektor, das Kollegium, selbst die Ehefrau, die Beamtin auf Lebenszeit war. August wurde nach Abgabe seiner Kündigung sofort durch den roten Oberstudiendirektor vom Dienst suspendiert. Kurze Zeit später befahl der leitende Oberschulrat den Abtrünnigen zu sich. Es sollte eine Aussprache stattfinden, schließlich hatte der Staat die Ausbildung bezahlt und zahlte auch noch. Diesen Termin nahm August äußerst verunsichert wahr.

Der Staat konnte durchaus seine Ausbildungsfinanzierung zurückfordern. August hatte sich vertraglich verpflichtet, bis zur Pensionierung eine Lehramtstätigkeit auszuüben.

Der leitende Oberschulrat hatte sich selbst der Sache angenommen und begrüßte August überschwänglich als wirklich mutigen Menschen, der sich traute, etwas schriftlich zu fixieren, was andere nur hinter vorgehaltener Hand flüsterten. Über eine Stunde monologisierte dieser aufgebrachte Schulmensch ein Lob und schloss mit der Bemerkung: „Sie erhalten noch bis Ende des Schuljahres Ihr Gehalt, ohne Dienstverpflichtung, dann sind Sie raus. Wir brauchten mehr Mutige wie Sie! Ich bewundere Sie!" August verließ das Schulamt als Held, als Sieger und als freier Mensch ohne irgendeine Rückzahlverpflichtung.

Eine unwichtige Sache kam noch nach. August erhielt Monate später, nach Schuljahrbeginn ein Schreiben von der Landesregierung. Die teilte ihm mit, dass er wegen seiner politischen Gesinnung nie mehr Beamter werden konnte! August hatte sich diese Chance durch sein Verhalten verwirkt. Er sah das nicht als Berufsverbot, und richtig traurig war er auch nicht über diese Mitteilung.

22 WESTINGHOUSE

Irgendwie, aus nie bekannt gewordenen Anlässen, kam einer der größten amerikanischen Konzerne auf August zu und bat ihn, den Aufbau einer Niederlassung in Deutschland zu gestalten. Er sollte den Betrieb als Chef führen, der amerikanischen Geschäftsführung unterstellt, d.h. man ließ ihm völlig freie Hand. Er war freier Mitarbeiter, dem amerikanischen Recht unterstellt. Warum das so war, wieso gerade er im Fokus des Interesses stand, wusste August trotz seiner vielen Nachfragen nicht. „Headhunter haben ihre Vita als Empfehlung weitergegeben," hieß es immer wieder lakonisch. August hatte nie mit irgendwelchen Kopfjägern zu tun. Zu dieser Zeit war Datenschutz in Deutschland schon bekannt!

Er sagte deshalb zu, blieb er doch laut Vertrag sein eigener Herr. Das erlaubte ihm, weiter dem Theaterspielen nachzugehen, seiner vom Alltag befreienden Leidenschaft.

Es begann eine Zeit der Tag- und Nachtarbeit. In rasender Geschwindigkeit baute August das Geschäft auf, erst deutschland-, dann europaweit. Er nahm den Vorderen Orient dazu und gelangte so auch nach Asien. August hatte sich, jung wie er war zu einem erfolgreichen Manager entwickelt, der weltweit baute. Die Niederlassung florierte mit einer großen Anzahl von Mitarbeitern. Trotzdem spielte August noch Theater und drehte die ersten Fernsehrollen. Er war sehr viel unterwegs, saß oft im Flieger und war meistens weg. Für eine vereinbarte Theatervorstellung oder einen abgemachten Drehtermin flog August von irgendwo in der Welt zurück, um diesen Termin wahrzunehmen. KN half ihm dabei, holte ihn vom Flughafen ab, fuhr ihn zum Dreh oder in das Theater. Zuhause packte sie dann seine Koffer um, weil August nach der künstlerischen Verpflichtung wieder in die weite Welt verschwand. Das belastete die Verbindung sehr. Zwar gab es mittlerweile als Wohnort ein repräsentatives Einfamilienhaus, das angemietet war. Auch Geld war ausreichend vorhanden, aber die Eheleute sahen sich kaum noch. Michael sprach, so klein er war dieses Problem offen aus: „Papa warum bist Du immer weg?" Mit dieser Frage stand er morgens um halb sieben mit Henriette vor dem Haus, Tränchen in den Augen, und die Mundwinkel nach unten gezogen. August wurde mitten in sein Herz getroffen, schaute am Haus hoch und sah KN mit blassem Gesicht hinter einer Balkontüre stehen.

Im Flieger nach Riad beschloss August die Managertätigkeit und die damit verbundene Reistätigkeit aufzugeben. Sein Sohn Michael hatte absolut Recht! Wo blieb die Zeit für das gemeinsame Leben? Was hatte August nicht schon alles verpasst? Wo waren die Jahre geblieben, in denen sein Sohn zum Grundschüler geworden war? Wie hatte sich die Liebe zwischen August und KN verändert?

Die Schwiegermutter beschwichtigte KN immer wieder, egal welche Sorgen sie auch vorbrachte mit der Aussage, dass ihr Sohn die gemeinsame Zukunft aufbaue. „Auch bei meinem Vater war das so! August ist eben wie sein Großvater, das weißt du ja!" beendete sie jedes Mal, ihre immer häufig werdende Beschwichtigungs- und Aufbautätigkeit. KN hat nie gemerkt, dass die Schwiegermutter es war, die immer wieder dieses Thema angeschnitten hat, um die Angelegenheit kochend zu halten.

August wickelte im Sinne des Konzerns seine Termine in Saudi-Arabien ab, hatte aber schon von Riad einen Termin mit dem für ihn zuständigen amerikanischen Vorstand in der deutschen Niederlassung ausgemacht. An einem Donnerstagvormittag fand dieses Gespräch statt. August kündigte fristlos, handelte sich so einen dicken Prozess ein, den er viele Monate später gewann. Er verließ die Arbeitsstätte sofort und saß mittags zuhause am Tisch, als KN und Michael aus der Schule kamen. KN war fassungslos, dass August alles hingeschmissen hatte, freute sich aber sehr. Nur so war ihre Ehe zu retten. Michael strahlte ebenso, verstand aber als kleiner Mann nichts von alledem.

23 EINSAMKEIT

KN hatte die letzten Jahre viel geweint, weil sie so oft ohne August war. Als Lehrerin hatte sie viermal im Jahr Ferien, die sie fast immer alleine verbringen musste. Viele geplatzte Urlaube hatten das Zusammenleben der Eheleute belastet. Sie verreiste mit Michael wie eine Alleinerziehende und war am Ferienort mit Eltern konfrontiert, die gemeinsam Spaß und Zeit hatten. Wenn überhaupt, dann kam August kurz zu einem Besuch! Etwas anderes ließen die Geschäfte selten zu.

Die berufliche Abwesenheit ihres Mannes war ebenfalls mit großen Ängsten verbunden. Sehr oft hielt August sich in Krisengebieten des Orients und Afrikas auf, ohne Nachricht geben zu können. Telefonieren war damals schwierig. Zu der Zeit gab es aus diesen Ländern nur von einem Fernamt vermittelte Telefongespräche. Die aber kamen in den meisten Fällen nicht zustande. Oft hatten die Damen von den Vermittlungsstellen August, nach nächtelangem Warten mit Japan, USA oder Australien verbunden, obwohl er Deutschland angemeldet hatte.

KN hatte das Gefühl, sie spiele russisches Roulette! Wo steckte die Kugel, die alles töten würde?

Ihre Ansprechperson für all die Sorgen war Augusts Mutter, die einerseits dieses Thema immer am Kochen hielt, dann großes Verständnis für ‚ihre Tochter' aufbrachte, andererseits aber mit Stolz die Karriere des Sohnes verfolgte. Auf der einen Seite tröstete sie KN, machte ihr aber auf der anderen immensen Druck dadurch, dass sie ihr mangelndes Verständnis für den Ehemann vorwarf.

Augusts Eltern wohnten mittlerweile 120 km entfernt in einem eigenen, neu erbauten Haus. Wenigstens einmal pro Woche waren sie aber in Köln, schon wegen der Geschäfte von Fred. Dann wohnten sie im Gästezimmer des Hauses und KN betreute sie. Augusts Eltern waren somit mehr im Hause als der eigene Ehemann. Henriette führte den Haushalt und kümmerte sich um Michael, da KN etliche schulische Verpflichtungen zu bewältigen hatte. Viele, der in dieser Zeit stattfindenden Schulferien verbrachte Michael bei Oma und Opa, 120 km entfernt. Diese Regelung war von der Schwiegermutter entwickelt worden, die KN eingeredet hatte, etwas für sich selbst machen zu müssen, wenn der Ehemann schon nicht da war. „Ich weiß wovon ich rede, ich habe mein Leben lang zurückstecken müssen. Kind, mach Dir was aus deinem Leben", waren hier die abschließenden Worte der Schwiegermutter.

Michael liebte die Ferien bei Oma und Opa, hatte er dort die Möglichkeit ohne größere Einschränkungen zu leben.

Die Großmutter ließ alles zu, der Großvater eher weniger. Der aber billigte das Verhalten seiner Frau und setzte sich bewusst nicht durch! Mit Streit und Machtkämpfen der Großeltern wollte er nicht seinen Enkel emotional belasten, denn er liebte seinen Enkel sehr. Der Opa war absolute Respektperson, aber darüber hinaus erfüllte er auch alle Aufgaben eines liebevollen Großvaters. Das Haus der Großeltern war für einen kleinen Mann wie Michael ein Eldorado des Verwöhnens, nicht nur weil er dort ohne die Reglementierungen von Mutter und Vater leben konnte!

KN wurde unterdessen durch ihre Pflegeeltern aufgestachelt, indem diese versuchten, der Pflegetochter klar zu machen, dass August wohl kaum beruflich so viel unterwegs sein konnte. Bei einem leiblichen Vater wie August ihn hatte, musste er doch ein Verhältnis haben! Augusts Mutter hatte auch ihnen natürlich ihre Lebensgeschichte erzählt.

KN's Kontakt zu den Pflegeeltern war immer schlecht. Als Heranwachsende begann für sie eine äußerst schwierige Periode mit dem Pflegevater, die nie mehr beigelegt werden konnte. Diese war durch ihn verursacht, war durch falsch verstandene Liebe, dann durch Eifersucht seinerseits bestimmt und führte bis zum versuchten Missbrauch. Eine Beziehung zu ihrer Pflegemutter hatte KN nie, abgesehen von einigen wenigen Wochen direkt nach dem Verlassen des Waisenhauses. Diese Frau konnte nie eigene Kinder bekommen und war zu sehr mit ihren eigenen, auch daraus resultierenden Problemen beschäftigt. Sie hatte es schwer mit einem Mann, der sich selbst überschätzte, nirgendwo mithalten konnte und deshalb seinen Frust in kommunistischen Gleichheitsparolen austobte. KN's Pflegevater war ein Mensch, der seine Pflegetochter dazu benutzte, sich selbst darzustellen. Sie wurde gezwungen alles das zu erreichen, was ihm nie möglich war, auch nicht gewesen wäre. Es mangelte ihm an vernünftiger Selbsteinschätzung und seine Intelligenz war eher durchschnittlich. Über die Erfolge seiner Pflegetochter konnte er es mit der finanziell erfolgreichen Verwandtschaft aufnehmen, da die über keine Kinder verfügten, die Abitur hatten, geschweige denn Nachkommen, die studierten. Durch die ständige Betonung dieses Umstandes, dass er für den Erfolg seiner Pflegetochter verantwortlich wäre, gab man ihm den Beinamen ‚Der Weise', eine ironische und auch sarkastische Antwort auf seinen Geltungswahn.

So nahm ihn auch niemand in der eigenen Familie für voll. Die Familie konnte sehr wohl einordnen, wer über die entsprechende Intelligenz verfügte, diesen Lebensweg zu beschreiten. Er aber empfand seinen Spitznamen als Realität und war stolz auf diese Auszeichnung. Die Finanzierung der Ausbildung von KN wurde durch die Vollwaisenrente mehr als gedeckt. Hier blieb noch Einiges über, welches das eigene Leben durchaus aufwertete. Auch verstand ‚der Weise‘ finanzielle Zuwendungen bei den reichen Verwandten für KN's Unterhalt locker zu machen. Das machte die reiche Verwandtschaft gerne, alleine schon deshalb, um das eigene schlechte Gewissen zu beruhigen. Man hatte Anteil am Erfolg des Waisenkindes, das tat nicht weh, und man konnte es sich ja leisten. Letztlich zeigte man ‚dem Weisen‘ dadurch auch, was man von seinen Verdiensten hielt.

August, diese Umstände kennend, hatte schon vor seiner Eheschließung KN's Pflegevater gesagt, was er von ihm hielt. Er billigte den versuchten Missbrauch nicht, auch konnte er dem Mann nicht verzeihen. Noch schlimmer war es, dass dieser selbsternannte Ehrenmann, der große seelische Probleme bei seiner Pflegetochter geschaffen hatte, sich aber als verantwortlicher und aufopfernder Vater darstellte. August hatte ihm klipp und klar gesagt, dass er ein Verbrecher sei, da er seine Pflegetochter

missbrauchen wollte. Dennoch wahrte August den Pflegeeltern gegenüber die Form, und das fiel ihm verdammt
schwer.

KN hatte sich natürlich auch der Schwiegermutter anvertraut, und die zeigte wenig dezent, oft sogar sehr massiv,
dass diese Leute inakzeptabel waren und nicht zu der Familie gehörten. KN's Pflegeeltern spürten diesen Aus-
schluss natürlich. Ihre proletarischen Wurzeln konnten sie
verständlicherweise nicht der hochwohlgeborenen Familie
von August entgegensetzen. Die von Augusts Mutter so
aufgebaute Wertlosigkeit und die nicht vorhandene Ak-
zeptanz machten sie erst recht zu Außenseitern und äußerst aggressiv! Sie verursachten deshalb immer wieder
Streit, verletzten dabei auch extrem. Das aber war ein
Wechselspiel. Bezeichnete Augusts Mutter die Pflegeeltern als ‚kleine Leute', titulierten die Angegriffenen sie als
‚Intrigantin und Angeberin'.

Diese beiden Fronten sorgten bei KN für eine große Unsicherheit. Sie wurde hin und her gerissen, jeder erwartete
ihren zustimmenden Beistand. Wem sie beistimmen sollte,
wusste sie nicht, Sie war alleine auf der Welt, ohne Wurzeln. Diese waren durch den frühen Tod der Eltern verloren gegangen. Der Vater hatte sie nur einmal gesehen, er
wurde von der Wehrmacht im Krieg als vermisst gemel
det. Erinnerung an ihn hatte KN nur durch ihre Mutter,
die auf ihren vermissten Mann wartete. Sie war die Jüngste

von 5 Geschwistern und verstarb bei einer Gehirntumoroperation am 9.2.1951. KN war noch keine 8 Jahre alt als sie weder Vater noch Mutter hatte und zu einer Vollwaise wurde. Sicher, da waren noch Onkel und Tanten, aber die beiden, die sie schließlich aufnahmen, verletzten sie nur. Von KN existierte auch Verwandtschaft väterlicherseits, aber es waren wieder die Pflegeeltern, die aus unbekannten Gründen den Kontakt dahin Mitte der 50er Jahre abgebrochen hatten.

Augusts Mutter förderte die durch diese Umstände bei KN geschaffene Unsicherheit, um ihren Macht- und Mutteranspruch abzusichern!

So stimmte KN ihrer Schwiegermutter zu, die sich ihr als Beschützerin, Beraterin, Vertraute, Anklagende aber auch sofort verständnisvolle Vergebende, eben wie eine leibliche Mutter darzustellen verstand!

Augusts Mutter hatte es geschafft, sie hatte für den verlorenen Sohn eine Tochter gefunden!

KN war in dieser Zeit so verunsichert, dass sie förmlich nach einem anderen Leben schrie. Das bestand aus Alkohol, Tabletten und der ein oder anderen Affäre. August bekam das natürlich mit, aber er konnte nur dafür sorgen, dass seine Frau ärztlich betreut wurde. Die familiäre Situation machte August sehr zu schaffen. Einerseits schuftete er wie ein Berserker, andererseits wurde das nicht anerkannt oder anders ausgedrückt, man verstand ihn nicht. Die Lebensansprüche waren hoch geworden und mussten finanziert werden. Wie leicht war es da zu erklären, man könne ohne das alles auch zurechtkommen. August aber wusste, dass das überhaupt das Schwierigste war. Es war also nur allzu wichtig, einen neuen Weg einzuschlagen. Das tat er dann auch.

24 ERKENNTNIS

Auf dem Weg ins Licht schüttelte August den Kopf. Schwach wie er war, fiel ihm das sehr schwer. Es waren auch nur kleine Bewegungen. Diese ungeheuren Manipulationen seiner Mutter waren für ihn unfassbar, gerade deshalb, weil seine jetzige Erkenntnis ihm zeigte wie blind doch Liebe machen konnte. Seine Fassungslosigkeit gab ihm die notwendige Kraft, sich durch ein schwaches Kopfschütteln auszudrücken. Seine Mutter hatte alle Menschen, die gut zu ihr waren in eine unheilbringende Abhängigkeit geführt. Ihre Vorgehensweise war bestimmt durch ihren Hass, Hass auf sich selbst, ihre Lügen und ihren Betrug. August hatte das nie bemerkt. Er war immer von der Rechtschaffenheit und Ehrlichkeit seiner Mutter überzeugt!

Augusts Familie bestand aus vier Personen, seinen Eltern, seiner Frau, seinem Kind und ihm selbst. Mehr waren da nicht! Seine Mutter zog mit ihrem Verschwörungswahn die Fäden, verbreitete Geschichten, zimmerte Intrigen und legte Wege fest. Pfade die man, hatte man sie erst betreten, viel zu lange zu begehen waren. Wege, die, je länger man sie beging, Realität, also Wahrheit wurden. August hatte das noch nie so klargesehen. Diese Klarheit wurde aus dem Licht vor ihm geboren. Deshalb schämte er sich auch nicht, diesen Zusammenhang nicht zur rechten Zeit erkannt zu haben.

25 BÜHNE

August war so gut wie ausgelaugt. Er holte sich die täglich benötigte Kraft aus seiner künstlerischen Tätigkeit. Wenn er abends auf der Bühne stand, war er ein anderer Mensch. Jemand, der eine Person beobachtete und sie dann mit der eigenen Persönlichkeit zum Leben erweckte. Er kam mit den Problemen der von ihm analysierten Menschen gut zurecht, weil er ehrlich war und nicht manipulierte. Er empfand sich auf der Bühne stehend wie die Person, die er darstellen musste. Alle Arten der Emotion konnte er darstellen, ohne sich selbst zu belasten. Er war nur der Beobachter. August selbst hatte in dieser Zeit frei. Er konnte sich von allen Problemen lösen, ja, er war in der Lage sich zu erholen, da er nur das Durchforschte wiedergeben musste. War die Vorstellung vorbei, war er wieder August, viel schlimmer noch, er hatte alle seine Probleme wieder in seinem Rucksack. Wie oft hatte er in der vergangenen Zeit an seinem Selbstbewusstsein und an seinem Können gezweifelt? Es wurde ihm klar, dass er ein zutiefst unsicherer Mensch geworden war, der die Aufgaben nur bewältigen konnte, weil er sich selber etwas vormachte. Die Lüge war ein Teil seines Lebens geworden. August hatte sich mit allen Beteiligten ein Wolkenkuckucksheim geschaffen und sich darin arrangiert. Er meisterte zwar sein tägliches Leben, das Leben mit Vater und Mutter und das Leben mit seiner Frau und seinem Sohn. Aber welchen Preis zahlte er dafür? Das wichtigste in seinem Leben waren Frau und Kind. Seine Frau wirkte nach wie vor exzessiv als Lehrerin, um sich beruflich zu beweisen. Als Mutter war sie mal streng, ein anderes Mal verständnisvoll, um sich als erfolgreiche Erzieherin und Mutter zu zeigen. Als vernachlässigte Ehefrau wirkte sie verzweifelt, weil sie den Mann nicht mehr verstand.

Sein Sohn betrachtete sich als Befehlsempfänger, als der Vollstrecker von Vaters auszuführenden Anweisungen. Die Hintergründe zu verstehen oder gar zu begreifen lag ihm fern. Sein Vater war für ihn zwar eine vorhandene, aber dennoch abwesende Person. Manchmal war er zu gebrauchen, aber in den meisten Fällen, den für ihn wichtigsten Vorgängen ein richtiger Schuss in den Ofen. Das lag vielleicht an der Pubertät. Versuchte Gespräche mit ihm versandeten oder liefen in Richtung des Hornberger Schießens.

Das Verrückte an der ganzen Sache war, dass alle Beteiligten dennoch an ihn glaubten und non verbal von ihm forderten so weiter zu machen wie bisher. August hatte deshalb nur eine Chance. Seine Verhaltensweise bei zu behalten und sich einen Ausgleich suchen. Zunächst fand er folgenden Weg. Nach der Vorstellung nach Hause kommend, Alkohol zu sich zu nehmen und mehr oder weniger wirre Gedanken niederzuschreiben. Das ging nur eine kurze Zeit gut. Er merkte schnell, dass ihm der Alkohol zu schmecken begann, etwas, das er auf keinen Fall wollte. Ein neuer Weg war dann, sich nach den Vorstellungen herumzutreiben. Das hatte zunächst den großen Vorteil, nicht zu trinken, um im Besitz der Fahrerlaubnis zu bleiben. Es wurde aber sehr schnell langweilig. Sein Managerjob forderte absolute Präsenz und hellste Wachsamkeit. Nächste Möglichkeit das Reisen, Geschäftsreisen, abhauen, nicht da sein. Das machte ihm Spaß, konnte er den häuslichen Spannungen ausweichen, die er nicht mehr leicht ertragen konnte. Es war ihm auch nicht mehr wichtig, schnell nach Hause zurückzukehren. Schön war es, von den häuslichen Querelen nichts zu erfahren. War er zuhause, interessierte es ihn kaum was sich familiär abspielte. Sollte doch jeder machen, was er wollte.

Er interessierte sich nur noch für die Kunst, und das Management verlor an Interesse und wurde nur noch des Geldes wegen praktiziert.

Jedoch kam dann die Lust wieder, denn er lernte auf einer Geschäftsreise eine 13 Jahre jüngere Frau kennen. Ein Wesen, das allen Männern den Kopf verdrehte. Sie war jung, hübsch, kurvenreich, hatte lange blonde Haare und war intelligent. Als Dolmetscherin für Russisch, Englisch, Französisch, Arabisch und Deutsch übersetzte sie simultan und war eine gefragte Expertin. So lernte August sie kennen. Sie war familiär unabhängig und belastete ihn nicht mit Problemen. Sie liebte ihn von Herzen und erwartete nichts von ihm. August war frei, hatte keine Verpflichtungen und keine Probleme zu lösen, da Konflikte nicht vorhanden waren. Forderungen an ihn wurden nicht gestellt, aber Freude wurde exzessiv geteilt, wenn man zusammen war. Er konnte kommen und gehen, wie immer er wollte. Natürlich schmeichelte es ihn von einer derart tollen Frau ausgewählt worden zu sein. Immer war er willkommen. Die Tageszeit, der Wochentag als auch der Monat waren ohne Belang. Das hatte August so noch nicht erlebt. Sie nannte ihn ‚Mon homme d'affaires', er nannte sie ‚Ma belle'. Auffallen konnte August nicht, da sie in verschiedenen Staaten lebten. Sie war ungebunden und jederzeit als Dolmetscherin einsetzbar.

Je länger er sie kannte, je häufiger dachte er über eine Trennung von KN nach. Weg von der ständigen Unzufriedenheit zuhause, fort von der Familie. August wollte nicht länger der Verursacher allen Übels sein. Egal, was er machte, er schadete der Ehefrau, weil er sie allein ließ, er quälte seinen Sohn, weil er hart durchgriff und er strapazierte seine Eltern, weil er sie auf das massivste in ihre Schranken verwies. Aber alle lebten problemlos in dieser Zeit. Man stellte etwas dar, und man hatte in der Gesellschaft eine beachtenswerte Stellung. August aber merkte, wie sehr seine Seele mehr und mehr verkümmerte. War er bei seiner Freundin, hatte er diese Empfindungen nicht, er genoss hier einfach die Freiheit des Seins. Seine Existenz hatte Flügel, er konnte über alles gleiten und von oben ohne Einschränkungen beobachten.

Aber er war sich auch darüber klar, dass es so nicht weiter gehen konnte. Fast ein Jahr führte er dieses Doppelleben, er, der eigentlich nie lügen wollte. Sein Herz verhärtete, wurde zu Stein, emotionslos und machte ihn zu einem funktionierenden Etwas. Was es genau war konnte er zunächst nicht deuten. Als er aber merkte, wie bewusst er log, um Ziele zu erreichen, wusste er was mit ihm passierte. Seine wertvolle Gefühlswelt war verloren gegangen, er konnte nicht mehr impulsiv träumen, nicht mehr spontan weinen und auch nicht mehr unbesonnen lachen. Ein schlechtes Gewissen war plötzlich sein täglicher Begleiter, er hinterging Menschen, auch die, die er liebte. Es war an der Zeit, die Reißleine zu ziehen. Wollte er das Verlorene zurückbekommen, musste er an dem Punkt beginnen, wo es angefangen hatte, da, wo er sich aufgegeben hatte.

Sofort setzte er sein Vorhaben um. Er trennte sich von der Geliebten und war verwundert, wie gelassen sie das aufgenommen hatte. Noch heute zieht er den Hut vor dieser Frau, denkt er an ihr Verhalten und dankt ihr. Sie war für ihn ein Geschenk, ein Teil seines realen Lebens geworden, eines Abschnittes, den er nicht hätte missen wollen. Er musste ihr weh tun, obwohl sie es war, mit deren Hilfe er erst erkannte, was es heißt sich selbst zu verlieren, zu jemand anderem zu werden, einer Person, die sich immer weiter weg von dem eigenen Ich entfernt hatte.

Zuhause hatte sich nichts verändert. Die Rollen waren nach wie vor verteilt. Augusts Mutter hatte alle Fäden in der Hand, obwohl sie 120 km entfernt wohnte. Sie ging ganz auf in der Manipulation der Familie. August fiel hier zu ersten Mal auf, das sein Pflegevater sich bewusst in seine eigene Welt vergrub. Er war ein Intellektueller,

Mathematiker, Statiker und absoluter Realist. Er bekannte sich nur zu wissenschaftlich fundierten Ideologien. Emotionen ließ er zwar zu, aber nur soweit, wie sie den Realismus nicht einschränkten. Er war ein pflichtbewusster ganz ehrlicher Mann, dadurch von August extrem hochgeachtet.

26 SCHLUSS

Freitagmorgen ging August in das städtische Schauspielhaus. Dort begegnete er einem der beiden Intendanten. August erklärte ihm, nicht mehr in der Welt unterwegs zu sein, er sei ungebunden und damit jederzeit einsatzbereit. Der Theaterleiter forderte ihn auf, sich ein Textbuch von Anton Tschechows Kirschgarten zu holen. Die Proben liefen schon, und somit war August von Donnerstag auf Freitag wieder in Amt und Würden. Er war kein hauptberuflicher Manager mehr, sondern ein Schauspieler an den Städtischen Bühnen der Stadt Köln.

Sein Lebenstraum erfüllte sich und wurde Wirklichkeit. Tagtäglich durfte August in das geliebte Theater, um dort zu spielen. Es gab nur noch diese eine Arbeit, das Bauwesen war Vergangenheit. Die freie Zeit verbrachte er zuhause, und versuchte gemeinsam mit KN die Chance zu nutzen, die eheliche Krise abzubauen.

Der Kirschgarten wurde zu einer Inszenierung, die das Publikum ablehnte. Mit Recht, wie August empfand, war die Form der Interpretation seitens der Spielleitung gewagt und viel zu überdreht. Darüber hinaus war der Kirschgarten so modernisiert bearbeitet, dass sich der Zuschauer in einem Stück von Samuel Beckett sah, nicht in einem von Anton Tschechow. Folglich bestand das Bühnenbild nicht aus Ruinen, auch nicht aus Kirschblüten, die einen Neubeginn hätten signalisieren können. Es war ein leerer Raum, der mittig Platz für einen Leiterwagen bot, unter dem sich Beischlaf abspielte. Eine neue Figur war von der Regie erfunden worden. Ein echter Sizilianer musste es sein, ein anderer Italiener wurde abgelehnt. Dieser Italiener wurde lange gesucht! Auf der Bühne trug er einen bodenlangen Gummimantel. Darunter war diese Person nackt, kam alle 10 Minuten auf die Bühne, ging zur Rampe, öffnete wortlos seinen Umhang und zeigte sein Geschlecht.

August vergaß nie mehr die Arroganz, mit der die Spielleitung am Tag der Generalprobe den Schauspielern auf der Bühne verkündete: „Wenn uns die Idioten da unten nicht verstehen, dann sollen sie gefälligst zuhause bleiben!" Das war verrückt, denn weder August noch die wirklich hervorragenden Kollegen verstanden die Interpretation des Stückes und den Einsatz des sizilianischen Italieners. Virtuose Schauspieler wie sie, konnten so etwas aber spielen. August war in der Realität angekommen. In diesem Beruf gab es zwei Gruppen! Eine, die sich über alles erhob, sich als genial empfand und eine zweite, die Spaß erschuf und Theater unter kommerziellen Gesichtspunkten betreiben musste. August war in die erste gerutscht, zu den Genialen, und genau da wollte er nicht hin. Er verabscheute es, sich über andere stellen, auch wollte er nicht den alles verstehenden Genius oder Künstler geben und schon gar nicht die Theaterarbeit als Zeugnis für Intelligenz benutzen! Dazu achtete er die Menschen viel zu sehr. Zur Theaterarbeit gehört, dass man die Menschen liebt und nicht verachtet! August wollte ein Impulsgeber für Gefühle sein! Ein Jemand, der versuchte, jeden im Publikum zu erreichen, wie immer er auch veranlagt war. Zum ersten Mal kamen ihm Bedenken, ob sein Traum vom Theater realistisch war. Bisher war er frei gewesen und führte eine Auswahl nach seinen Prinzipien, gab dabei auch Maßstäbe vor. Nun befand er sich in einer anderen Position. Er war kein Gastschauspieler mehr, er war abhängig beschäftigt, jemand, der auszuführen hatte, was man ihm sagte. Die Berufung zum Schauspieler kann ganz schnell auch brotlose Kunst werden. Sie wird es dann, wenn man nicht die richtigen Leute kennt, wenn man die falschen Regisseure hat und wenn man am falschen Ort ist.

Bitter war auch die Erkenntnis, dass seine bis dahin erfolgte künstlerische Arbeit mit der Realität wenig zu tun hatte. Auch musste er einsehen, dass gerade in der Kunst Idealismus für den finanziell Unabhängigen leicht zu leben ist, für den Abhängigen aber verteufelt schwer werden kann.

In dieser Phase des Lebens, der Kirschgarten war fast abgespielt, es waren nur noch 10 Vorstellungen abzuleisten, fand August an einem Freitagabend, unmittelbar nach dem Ende einer Vorstellung um 22:45 Uhr einen Zettel in seiner Garderobe. Der enthielt den Hinweis, sofort in einem privaten Volkstheater anzurufen. Sogleich rief er dort an und meldete sich. Die Chefin, eine großartige Volksschauspielerin, bat ihn direkt in ihr Theater. Eine halbe Stunde später war er dort. Ohne Umschweife erklärte sie, dass sie einen Kollegen herausgeschmissen habe und nun Ersatz brauchte. „Dieser sind Sie!" stellte sie fest, und noch keine 10 Minuten später standen alle Ensemblemitglieder auf der Bühne und probierten mit ihm. Bis 5:00 Uhr in der Frühe erarbeitete das Ensemble 3 von 4 Akten. August fuhr nachhause, lernte das Geprobte und war verabredungsgemäß um 10:00 Uhr wieder zur Probe im Theater. Die Chefin ließ die drei Akte durchlaufen, um zu sehen, was ‚hängen' geblieben war. Sie war mit dem Ergebnis zufrieden und meinte: „Das klappt sehr gut, dann erarbeiten wir jetzt noch den vierten Akt, den lernst du heute Mittag, und heute Abend spielen wir. Wir sind ausverkauft!" August war schockiert, aber er machte mit. Insgesamt einhundert zwanzig Seiten Text galt es zu beherrschen. Die Vorstellung klappte gut und eine lang-jährige, wunderbare Zusammenarbeit war geschaffen.

Für August hatte dieses Erlebnis einen, sein weiteres Leben bestimmenden Wert. Hier war genau das, was er suchte!

Eine Aussage der großen Künstlerin bestätigte ihn ebenfalls: „Es gibt nur zwei Dinge auf der Bühne! Entweder du bist gut oder du bist schlecht! Das hängt davon ab wie du deinen Beruf verstehst und beherrschst. Gut bist du, wenn du deinen Beruf kannst, wenn du ehrlich und aufrichtig bist und versuchst, das auch zu bleiben. Daneben gibt es nichts! Das lässt sich auch nicht ändern! Und du bist gut!"

Von dieser Zeit an, spielte August direkt und versuchte ehrlich zu sein. Er stellte fest, dass nur dieses Spiel sofort vom Publikum aufgenommen wurde. Es gab keine künstlerische Arroganz mehr, keine intellektuelle Hybris, die das Publikum für dumm erklärte, um von den eigenen Schwächen abzulenken. Das künstlerische Versteckspiel hatte ein Ende. August vergaß seine kritischen Gedanken während der Zeit des Kirschgartens und wurde zu jemand, der Impulse gab. Die Menschen unten im Publikum verstanden ihn, ob in- oder extrovertiert.

Jetzt erst erlebte er das, wovon er immer geträumt hatte! Diese großartige Volksschauspielerin veränderte das Leben von August sehr! Sie erst machte ihn zu dem

Schauspieler, der er immer sein wollte, und somit ermöglichte sie ihm seine folgende Karriere. Der Schauspieler und Regisseur August Reruem verdankt dieser Frau seinen Erfolg.

27 RÜCKKEHR

August befand sich im Theater zu den Endproben eines neuen Stückes der Volksschauspielerin. Auf der Bühne wurde ihm die Nachricht eines Notarztes übermittelt. Katharina Regnaz saß im Garten ihres Hauses in Köln Nippes, mit gerade erlittenem Schlaganfall und wollte nicht in ein Krankenhaus. Sie verlangte nach August Reruem. „Ohne ihn komme ich nicht mit, lieber bleibe ich hier und sterbe!" hatte sie dem Notarzt klargelegt. August machte sich sofort auf den Weg.

Er hatte seine Großmutter 14 Jahre nicht gesehen. Auf der Fahrt von der Südstadt nach Nippes fragte er sich, was seine Großmutter bewegt haben konnte sich bei ihm zu melden. Er fand keine Antwort. Bei ihr angekommen, betrat er das Haus, das er vor eineinhalb Jahrzehnten verlassen hatte, um es nie wieder zu betreten. Er ging sofort in den Garten. Dort saß seine alt gewordene Großmutter zusammengesunken auf einem nicht dahin gehörenden Stuhl. Ihre Haltung hatte etwas Verkrampftes, wie bei einem Menschen, der gefesselt ist. Sie sah August von unten an, nur aus den Augenwinkeln und nickte dann. Dabei lag ein geringes Lächeln auf ihrem greisenhaft wirkenden Gesicht. August schaute fragend zum Notarzt, der auf unbedingter Schnelligkeit bestand. August nahm die Hand seiner Großmutter, und alle gingen los, Richtung Notarztwagen. Katharina hielt die Hand ihres Enkels und hauchte etwas. August verstand ein schwaches „Danke!"

Im Krankenhaus angekommen, wurde Katharina sofort behandelt. Ihr Enkel wartete zwei Stunden, dann kam ein Arzt und bestätigte ihm, dass seine Großmutter wohl den Anfall überstehen würde. Genaueres könnte er aber erst morgen sagen, nach einer hoffentlich ruhigen Nacht, ohne Komplikationen. Das Sprachzentrum war geringfügig gestört, und die linke Seite ihres Körpers hatte Lähmungserscheinungen gezeigt. August besuchte sie in ihrem Zimmer. Die immer stattliche, weibliche und elegante Frau lag nun wie ein Häufchen Elend vor ihm, unter einer bis fast zum Kinn hochgezogenen Decke. Ihre großen fragenden Augen suchten nach August. Als sie ihn erkannte, erschien wieder ein Lächeln auf ihrem Gesicht! Sie hielt den Blick zu ihm, sprach aber kein Wort. August setzte sich neben ihr Bett, nahm ihre Hand, sagte ihr, er komme wieder und wartete, bis sie eingeschlafen war.

August besuchte seine Großmutter täglich und stellte fest, dass ihr Zustand sich wirklich besserte. Als sie begann zu sprechen, sagte August: „Ich habe dir aus Respekt vor deinem hohen Alter beigestanden, nicht weil ich dir verziehen habe, und ich bitte dich, dies zu akzeptieren. Ich werde das auch weiterhin machen, aber ich muss dir eine Bedingung stellen. Die Vergangenheit ist absolutes Tabu! Das gilt für beide Seiten." Katharina hielt bei diesen Worten ihren Blick auf August gerichtet. Es dauerte nicht lange bis sie „in Ordnung" sagte.

August spielte das neue Stück wie immer von und mit der beliebten Volksschauspielerin. Ohne Zweifel war es wieder ein riesiger Publikumserfolg. Die Vorstellungen waren schon zur Premiere über Monate ausverkauft. Jeden Abend begeisterten sich fast 500 Menschen an der Aufführung. Stellte die Protagonistin bei den abendlichen Vorstellungen Routine fest, wurden vor- oder nachmittägliche Proben angesetzt, um diesen Teufel auszumerzen. So etwas hat August später nicht noch einmal erlebt, obwohl er viel en-Suite spielte. Das gab es nur in diesem Haus. Hut ab vor dieser großen Theaterfrau! Sonst hatte August tagsüber frei, keine Dreharbeiten.

Er brauchte auch diese Zeit.

Der seine Großmutter behandelnde Arzt hatte erklärt, dass Katharina nicht mehr alleine in ihrem Haus leben konnte. Es war erforderlich, einen Heimplatz zu suchen und zu finden. KN war natürlich über das Geschehen informiert, aber Augusts Eltern wussten nichts von dem Kontakt ihrer Kinder zur Großmutter. August und seine

Frau suchten ein geeignetes Altenheim. Fanden sie eines, welches ihren und den Vorstellungen der Großmutter gerecht wurde, war dort kein Platz frei. Auf breiter Front erwies sich diese Aufgabe als eigentlich nicht lösbar. KN und August haben sich viele Alten- und Pflegeheime angesehen, private, städtische, konfessionelle und auch karitative, aber immer wieder Absagen erhalten. August wandte einen Trick an. Er trat an eine karitative Einrichtung heran, zahlte eine nicht unbeträchtliche Summe als Spende und erhielt umgehend einen Platz für die Großmutter, der den Ansprüchen aller Beteiligten gerecht wurde.

Der Umzug konnte vorbereitet werden, denn Katharina Regnaz sollte direkt vom Krankenhaus ins Altenheim einziehen. Das war der Beginn eines neuen, wahrscheinlich letzten Lebensabschnittes.

Noch im Krankenhaus sprach August deshalb mit seiner Großmutter und bestand darauf, dass sich Mutter und Tochter aussöhnen mussten. Er war sehr erstaunt, dass seine Oma ohne großen Widerstand und ziemlich rasch einwilligte, ihre Tochter wiederzusehen.

Augusts Mutter wurde über die Vorgänge der letzten Wochen informiert, auch sein Adoptivvater. Seine Mutter weigerte sich vehement, wieder Kontakt zu ihrer Mutter aufzunehmen. Gleichzeitig ließ sie wissen, dass sie sehr enttäuscht sei, dass der Sohn sie mit dieser Maßnahme hintergangen hatte. Der Hass und die Vergangenheit ließen sie nicht über ihren Schatten springen. Aber August versuchte in langen Gesprächen, immer wieder seine Mutter zu einem Besuch zu bewegen. KN unterstützte ihn dabei. Der Pflegevater hielt sich aus allem heraus, stellte aber fest, dass er mit jeder Art von Lösung einverstanden wäre. Als die Beiden die Mutter endlich überzeugt hatten, erbat August von ihr das Versprechen, nicht über die Vergangenheit zu reden, diese ruhen zu lassen und zu den Akten zu legen. Nachdem seine Mutter dieses Versprechen gegeben hatte, machte er einen Termin zwischen der Großmutter und deren Tochter aus. Er selbst nahm an diesem Treffen nicht teil, er wartete im Auto. August wollte den Verlauf mit seiner Anwesenheit nicht stören. Es war ihm zu persönlich, und deshalb lehnte er das ab. Das war die intime Geschichte zwischen der Mutter und ihrem Kind bzw. zwischen der Tochter und ihrer Mutter.

Das Gespräch fand im Krankenhaus statt, kurz vor dem Umzug von Katharina in das Altenheim.

Als August seine Mutter nach dem fast zweistündigen Gespräch auf dem Parkplatz wiedersah, erklärte sie, dass sie der alten Frau gesagt habe, was für eine schlechte Mutter sie gewesen sei, und wie sehr sie sie hassen würde. Sie habe sie auch wissen lassen, dass sie nur noch eine einzige Möglichkeit habe, von ihr geduldet zu werden. Sie sollte ein

Testament verfassen, das sie als Universalerbin auswies. „Ich habe ihr Zeit gegeben, sich das zu überlegen," bemerkte Augusts Mutter in ihrem Bericht.

„Ich will retten, was noch zu retten ist! Das soll dann für dich sein!" erklärte sie anschließend August mit ernstem Gesicht. „Dein Bruder hat sich schon Vieles unter den Nagel gerissen, nun will ich dich bedenken!" endete sie.

August war sprach- und fassungslos. Seine Mutter verteilte einen Nachlass, der überhaupt noch nicht vorhanden war. Sie hatte sich auch nicht an ihr Ehrenwort gehalten! Augusts Mutter hatte sich über alles hinweggesetzt und über die Vergangenheit geredet. Das Schlimmste aber war, seine Mutter rechtfertigte dieses Verhalten mit dem selbstlosen Kampf um das Erbe! Dabei ging sie so weit, ihre totgeweihte Mutter emotional zu erpressen. Das bestürzte August sehr. „Mutter, was ist los mit dir? Was hast du gemacht? Bist du verrückt geworden? Warum hast du dein Wort gebrochen?" wurde er laut.

Mutter aber intensivierte ihre Ausdrucksweise. „Höre mir jetzt einmal gut zu! Man hat mich mein Leben lang bestohlen und betrogen, mich um mein Erbe betrogen. Das reicht mir nun endgültig. Was ich mache, tue ich für dich, da redet mir keiner rein! Dir soll es einmal nicht so gehen, wie es mir ergangen ist! Das alte Biest und dieser Drecksack von Staatsanwalt haben mein Vermögen fast verbraucht. Dein Bruder hat sich ebenfalls bedient und mich, seine Mutter bestohlen. Er ist ein Verbrecher, hat deine Großmutter gesagt, denn auch sie hat er betrogen! Ich frage dich, woher kommt sein Haus im Hahnwald? Ich gebe dir die Antwort, deine Großmutter hat dieses Anwesen finanzieren müssen, weil dein Bruder sie erpresst hat! Sage du mir nicht, dass ich verrückt geworden bin, wo ich doch nur wegen dir zu der Alten gegangen bin."

August bemerkte an ihrem Gesicht, dass sie das alles ernst meinte. Das war absolut krank. Was sollte er darauf sagen, es hatte keinen Zweck zu intervenieren. Er erinnerte sich an den Flur als seine Mutter, den Mantel anziehend schrie: „Wenn ihr nicht lieb seid, geht die Mama!" Diesmal hatte er keine Hand in seiner Hand, auch gab er diesmal kein Versprechen ab. Seine Augen füllten sich auch diesmal wieder mit Tränen, nicht weil er Angst hatte, nein, er war enttäuscht und erschüttert. August war sprachlos. Er hatte zum ersten Mal das Gefühl, ein Leben lang belogen worden zu sein. Das resultierte aus einem pathologischen Vorgang. Mutters Geschichten waren durch ständiges Erzählen wahr geworden. Wie anders war es zu erklären, dass seine Großmutter ihre Versprechen einhielt, obwohl sie gedemütigt wurde, sich sogar Fristen stellen ließ, und die Tochter sie nach wie vor als Bestie bezeichnete.

August sah auch zum ersten Mal in seinem Leben in Augen, die starr und kalt waren, und das waren die Augen seiner Mutter. Ihre Gedanken, ihr Blick und ihre Vergangenheit waren fixiert auf ein Leben, das nicht verändert werden durfte, von keinem. Das erforderte von der Umwelt allerhöchste Konzentration, denn wäre hier ein Fehler begangen worden, alles wäre in sich zusammengebrochen. Das war eine Form von Schizophrenie. Er hatte davon gehört, so etwas gelesen oder gespielt, aber wie das aussah, das erlebte er zum ersten Mal.

Nach diesem Erlebnis war August froh, wieder ins Theater fahren zu können, um Komödie zu spielen. Der Clown versteckt seine Gefühle und überspielt sie durch täuschende Gags. Auch das ist ehrlich, denn jeder Mensch weiß, dass ein Clown lacht, wenn er weinen möchte. Er bewahrt den Zusammenbruch im Tresor der Seele auf und lässt den nicht nach draußen. Natürlich wusste August, dass er vor seiner Erkenntnis floh. Seine Mutter verstand nichts, wollte es auch nicht, und es war ihr auch nicht klar zu machen, dass es hier um ganz andere Dinge ging, nämlich um eine Geisteskrankheit. Sie kannte nur das Gefühl des Hasses, und deshalb musste sie mit aller Kraft ihr Image beibehalten, ihre Geschichten mussten wahr sein, wo sonst wäre ihr Wert geblieben? Selbst für ,Achtung' war kein Platz mehr in ihrem Herzen.

Der Umzug ins Altenheim wurde von August und KN durchgeführt. Die Großmutter händigte August ein notarielles Papier aus. Es handelte sich um ein Testament, dass zwei Jahre vorher niedergeschrieben worden war. Es sagte aus, dass August ihr Universalerbe war. Alle anderen Vermächtnisse hatte sie außer Kraft gesetzt.

Jetzt aber brauchte sie einen Bevollmächtigten. Sie erklärte August dazu, ließ auch das Tage später notariell beglaubigen. August führte von da an ihre Geschäfte weiter.

Das alles hat August seine Mutter wissen lassen, schon alleine deshalb, um zu zeigen, dass sie ihre Vorgehensweise ändern konnte, da er schon bedacht war. Er verband damit die Hoffnung, den Kampf seiner Mutter, um sein Erbe beendet zu haben. August glaubte, das vorgelegte Testament würde seiner Mutter die Argumentation für den Kampf entzogen haben.

Anfangs nutzte Augusts Mutter die wöchentlichen Fahrten nach Köln, um ihre Mutter im Altenheim zu besuchen. Nach jedem Besuch kehrte sie mit einer Trophäe heim. Das war mal ein Schmuckstück, das Katharina ihr ausgehändigt hatte, mal eine Geschichte, die aussagte, welche Schuld die Mutter zugegeben hatte. „Mein Vater hält eben doch seine Hand über mich!", sagte Augusts Mutter mit größter Zufriedenheit.

August und KN verurteilten dieses Benehmen und lehnten diese Vorgehensweise ab. Auch Fred machte das. Helene aber fuhr fort, ihrer Mutter zuzusetzen. Eines

Tages kam sie nach Hause, und ein siegessicheres Lächeln deutete auf einen außergewöhnlichen Erfolg hin.

„Ich habe einen Erbvertrag mit einem Notar machen lassen. Ein erbvertragliches Testament zwischen meiner Mutter und mir! Das regelt unwiderruflich, dass ich den Nießbrauch von der Immobilie in Köln Nippes habe! Jetzt kann das alte Biest nicht mehr verkaufen. Danach wirst du alles erben mein Kind," sagte sie voller Genuss zu ihrem Sohn.

August bemerkte nur, dass die Großmutter sein Erbe schon 3 Jahre vor diesem, ihrem notariellen Akt geregelt hätte. Auch fragte er, ob sie Angst gehabt hätte, August würde sie um ihr Erbe betrügen. Das überhörte seine Mutter und sprach wieder von der schützenden Hand ihres Vaters und davon, dass sie doch alles für August machen würde. „Ich selbst brauche nichts mehr, mein Sohn. Du sollst abgesichert sein, denn was man mir antat, hat man auch dir angetan mein Kind!" schloss sie gütig.

Nach diesem Zeitpunkt besuchte Helene ihre Mutter kaum noch.

Dafür tauchte aber wieder Dodo, der erbschleichende Staatsanwalt auf. Bis dahin hatte die Großmutter ihn außen vorgehalten. Es gab ihn einfach nicht mehr, was August verwundert hatte. Nun war er wieder da und beschimpfte die kranke und abbauende Geliebte! Dodo titulierte sie als Verrückte, da sie sich aller Verkaufsrechte durch den Erbvertrag entledigt hatte. Nun wurde der Greisin unverhohlen auch von dieser Seite stark zugesetzt. Diese Lasten führten dazu, dass Augusts Großmutter zusehends mehr der Welt entrückte. Sie hatte den Anschluss verloren.

Ein Oberschenkelhalsbruch folgte und führte zu einer OP, die Dodo aus Verlustangst zu verhindern suchte. Dafür wandte er all seine Kraft auf. August sah diesen Mann zum ersten Mal weinen. Zeigte er damit, dass er vielleicht doch etwas für seine Großmutter empfand? Hatte er Angst, sie zu verlieren? August setzte die Operation dank der notariellen Vollmacht durch, und seine Oma überstand diesen schweren, wie auch riskanten Eingriff ohne größere Schäden. Täglich saß Dodo im Krankenhaus und überwachte die Genesung seiner Kölner Lebensgefährtin.

Ins Altenheim zurückgekehrt, wurde der Umgang mit ihr immer schwieriger. Hervorgerufen durch die lange Narkose entwickelten sich Fantasien und verwirrten die alte Frau immer mehr. Die Großmutter war auf dem besten Weg, ein absoluter Pflegefall zu werden. Sooft es ging, hielten sich August und seine Frau im Altenheim auf. KN wusch und pflegte die Greisin, und August führte die Geschäfte und beruhigte die Menschen, die sie in ihrem Wahn beschimpft hatte. Hier ging es immer um Diebstahl, üble Nachrede und Angst. Einmal war ihr Schmuck gestohlen worden, dann ihr Vermögen von unbekannten Mächten reduziert worden. Man würde Geschichten von ihr verbreiten, die nicht wahr wären, und man trachtete gar nach ihrem Leben. Von ihrer Tochter aber sprach sie nie. Sie hielt sich an das gegebene Versprechen, verwirrt wie sie war. Viele Monate später, ihre Tochter hatte sich nach dem Erbvertrag völlig zurückgezogen, stürzte Augusts Großmutter erneut und brach sich wieder den Oberschenkelhalsknochen. Wieder war eine OP erforderlich, und abermals gab August seine Einwilligung, obwohl der Professor nur eine Überlebenschance von 5 Prozent einräumte. Dodo war wieder zur Stelle und versuchte aus den schon genannten Gründen den Eingriff zu verhindern.

Der Professor benötigte viele Tage, um die Großmutter von August operationsfähig zu machen. Dann wurde operiert. Auch diesmal überlebte sie das Geschehen.

Die Zeit der Rekonvaleszenz wurde aber sehr lang. August besuchte die Großmutter täglich. KN kam mit, sooft sie konnte. August bemerkte einen kolossalen geistigen Abbau, eine daraus resultierende starke zunehmende Verwirrung. Rationale Zusammenhänge waren für die Großmutter nur noch selten herzustellen. Zu dieser Zeit war ihr Dasein extrem erfüllt von emotionalen Erinnerungssplittern. Der Professor erklärte das mit postoperativen Erscheinungen infolge der starken Narkose. Es gab aber Hoffnung, weil er sicher war, dass sich das Verspielen würde, wie er es ausdrückte. Ein Tag nach dem anderen verging, und dieser Zustand verbesserte sich kaum. Katharina durchlebte Bombennächte. Tagsüber und auch nachts, erlebte sie erneut, wie die Fabriken durch Bomben getroffen wurden, sie sah sich mit ihrer Tochter an der Hand Luftschutzbunker aufsuchen und rannte immer wieder vor Flammen weg. Dabei hatte sie immer allergrößte Angst um ihre Tochter. Über ihrem Bett sah sie den freien Himmel, suchte den nach feindlichen Bombern ab und legte sich schützend auf die Tochter. Sie lag aber hier im ersten Stockwerk des Krankenhauses, drei Etagen waren noch darüber, und sie versuchte Bewegungen auszuführen, die Schutz hätten bringen können, krank wie sie war. Oft hörte August das Wort ,Helene'! Es muss ein wahres Inferno vor ihrem geistigen Auge abgelaufen sein. Alle Fantasien zeigten sie als eine Mutter, die Angst um die Tochter hatte.

Aber nie war ein schützender Vater dabei, auch keine Mutter, die ihr Kind hasst.

Wie jeden Tag besuchte August seine Großmutter. Er ging über den Flur der Station und wollte die Zimmertüre öffnen. Am Türblatt waren ein Zettel und eine Visitenkarte befestigt, die ihm das Eintreten ins Krankenzimmer untersagten.

‚Herrn August Reruem ist der Zutritt in diesen Raum nicht gestattet', stand auf dem Zettel. Die Visitenkarte war von seinem Bruder, von Dipl. Ing. Günter Bachschup. August befragte die Oberschwester. Sie sollte die schriftliche Anweisung an der Türe bestätigen, was auch umgehend geschah. Deshalb verlangte August den Professor zu sprechen. Der kam sofort und machte August deutlich, dass der Bruder auf Geheiß der Großmutter dieses Vorgehen veranlasst habe. August bat den Professor, mit ihm gemeinsam die Großmutter aufzusuchen. In seinem Beisein wollte August dieses Verbot der Großmutter bestätigt wissen. Der Professor stimmte zu, und beide betraten das Krankenzimmer. Die Großmutter lag völlig verängstigt, mit flatternden Augen in ihrem Bett, die Bettdecke über die Nase gezogen. August fragte sie, ob der Zettel ihrer Anweisung gemäß an die Türe geheftet worden war. Sie sagte nichts, eine Hand zog nun die Bettdecke über die Augen, und sie drehte sich schwerfällig ab. Der Professor bestätigte sofort und ohne Befragen, dass Katharina Regnaz im Vollbesitz der geistigen Kräfte wäre! August fasste nach der Erklärung des Professors seine Großmutter an der Schulter und sagte: „Leb wohl!"

Ein weiteres Mal hat August seine Großmutter nicht mehr gesehen.

28 BANDSCHEIBE

Es gab ein wirklich großes Problem für August. Das war sein Rücken. Schon als Student hatte er unsägliche Schmerzen durch eine Bandscheibenschädigung. In mehr oder weniger konstanten Abständen suchte er Orthopäden auf, die ihn dann mit Spritzen behandelten. Diese Prozedur wiederholten sie so lange, bis die Schmerzen nachließen. Besuche bei diesen Ärzten gehörten somit zu den wöchentlich einzuplanenden Terminen. Unzählige Male hatte man August aufgefordert, sich operieren zu lassen. Der lehnte das aber kategorisch ab. Er begründete es mit seinen Kenntnissen der Statik. „Wenn man ein statisches System verändert, dann suchen sich die belastenden Kräfte einen anderen Weg. Es findet erneut, gerade dort, an dieser neuen fremden Stelle eine weitere Überbelastung statt" konterte er immer wieder, wenn man ihn zu einer Operation überreden, gar zwingen wollte.

In ihm war aber ein Gedanke, der sich langsam immer stärker entwickelte.

Der Rücken trägt zu viel Last, das muss geändert werden.

Gleichzeitig merkte er, dass er bewusst nichts ändern konnte, das lief auf einer anderen Ebene ab.

Wie oft hatte er bei seinen Flügen durch die Welt nicht sitzen können und versucht auf seinem Sitz oder anderen

Plätzen zum Liegen zu kommen, weil er die Schmerzen einfach nicht mehr aushielt.

Ganz bewusst war ihm wieder der Vorgang als er täglich drei Spritzen bekam, um abends im Theater den jugendlichen Liebhaber zu spielen. Insgesamt 312 Spritzen erhielt er, in kaum mehr als 17 Wochen, etwas mehr als 4 Monaten, vor insgesamt 104 Vorstellungen. Morgens schlich er fast steif zum Orthopäden, und abends turnte er vor einem Publikum von 500 Menschen bewegungsfreudig und agil auf der Bühne herum. Was taten der Orthopäde und er selbst seiner Leber an? Das sollte sich rächen! Hier lagen vielleicht die Ursachen für eine sich entwickelnde Stoffwechselerkrankung.

August lernte, gerade wegen des Medikamentenmissbrauchs, mit den Schmerzen mental umzugehen. Er wurde liegend und bewegungsunfähig von KN, später auch von seinem Sohn zu dem Theater gebracht. In den Düsseldorfer Kammerspielen trug man ihn in das Theater herein. Man zog ihn um und transportierte ihn hinter die Bühne. Begann die Vorstellung und August betrat die sichtbare Bühne, bemerkte niemand im Publikum sein Handicap. Die Schmerzen waren ausgeschaltet, doch jedes Mal, wenn er den für das Publikum sichtbaren Bereich verließ, meldeten sie sich wieder, jetzt auf das Heftigste. Diese Erfahrung, wie auch die Erkenntnis, dass tagsüber Ruhe gehalten werden musste, ließen die Schmerzen in den Hintergrund treten, ganz ohne Medikamente. August lernte eine Orthopädin kennen, die ihn in der Auffassung bestärkte, sich nicht operieren zu lassen. Sie fuhr sogar mit zu Vorstellungen nach Aachen, in das Grenzlandtheater. Dort saß sie hinter der Bühne und wartete auf den vielleicht erforderlichen Einsatz. August hatte Angst nach seiner Ermordung auf der Bühne nicht wieder vom Bühnenboden hochzukommen. Allein die Präsenz der Ärztin gab August das Gefühl, den Schmerz vergessen zu lassen und damit auszuschalten. Solche Erlebnisse führten dazu, dass er immer sicherer wurde, was den Umgang mit diesen entsetzlichen Schmerzen anbelangte. Zwei raumfüllende Bandscheibenvorfälle sah er nach und nach als keine Beeinträchtigung seines Lebens an. Er hatte gelernt, mit ihnen zu leben, er hatte sich damit arrangiert.

Sich den Rücken frei zu halten, diese Lektion hatte er aber nicht gelernt. Er war überall der Starke, der, der alles auf sich lud, um es behände weiter zu tragen und dann Stück für Stück abzuarbeiten.

Dass er aber nicht August der Starke sein wollte, nahm niemand um ihn herum wahr. Er zeigte oft, dass er entlastet werden wollte, aber seine Stärke und er selbst waren zur Routine geworden. Jeder nutzte sie, sicherlich nicht bewusst oder bösartig, es war halt so, es gehörte zu seinem täglichen Leben.

Niemand erkannte, dass August Reruem den ersten Schritt vollzog, sich von seinem Umfeld zurückzuziehen. Er sagte immer weniger Nein! Auf einem immer schneller werdenden Weg erfüllte er seine ihm aufgetragenen Aufgaben immer fieberhafter, wissend, sich dadurch kleine Ruhepausen zu schaffen. Je rastloser und unbemerkter er arbeitete, je mehr Ruhepausen hatte er. Dass er sich damit aus der familiären und der kommunikativen Welt zurückzog, erkannte nur er. Er entfernte sich immer mehr von KN, seinem Sohn, seinen Eltern.

Die dargestellten Erkenntnisse wurden jetzt erst recht nicht mehr von der Familie wahrgenommen, da er zu einem bundesweit geschätzten Darsteller wurde, den die Zuschauer verehrten. So war er auch nicht mehr nur einer von vielen unbekannten Schauspielern, man fing an, ihn zu kennen.

August war nämlich künstlerisch gut zurechtgekommen, verdiente durch Funk, Film und Fernsehen ausreichendes Geld und hatte das repräsentative Haus gekauft, in dem sie seit fast 10 Jahren zur Miete gewohnt hatten.

Um das Haus schnellstens zu finanzieren, suchte August wieder eine Beschäftigung in seinem anderen Beruf. Künstlerisch wollte er nach wie vor frei entscheiden können und nicht abhängig werden von Engagements, die er annehmen musste, weil er das Geld brauchte. So wurde er über Nacht zum Prüfstatiker.

Auch wenn er spielte, prüfte er Tag und Nacht statische Berechnungen und kontrollierte tagsüber Baustellen für Kollegen. Diese Kollegen waren gute Freunde aus der Studienzeit, die es zu beruflich anerkannten, fest im Sattel sitzenden Ingenieuren geschafft hatten. Die Menschen vom Bau erkannten August auf den Baustellen als Schauspieler, wunderten sich und waren darüber völlig verblüfft.

August hatte das Gefühl als hätte jemand den Turbo angestellt, so schnell wie sein Leben nun verlief.

Er ließ das Haus umbauen und modernisieren. Dieses Vorhaben sollte sich zu einem Fiasko entwickeln. Trotz akribischer und fachlich perfekter Vorbereitung ging alles schief, und August hatte zum ersten Mal in seinem Leben finanzielle Probleme. Der Umbau wurde aufgrund eines betrügerischen Unternehmers fast dreimal so teuer wie geplant. Genau zu diesem Zeitpunkt ließ ihn ein guter Freund fallen und gab ihm keine Prüfaufträge mehr. Gott sei Dank hatte KN ihr Lehrerinnengehalt, sonst hätten die drei Reruems nichts mehr zu essen gehabt.

August war versucht, als Künstler alles anzunehmen, was man ihm anbot, zum ersten Mal in seinem Leben. Geld musste her. Zum Glück fand er einen anderen Prüfingenieur, für den er arbeiten konnte. Durch den verdiente er nicht mehr so gut wie vorher und musste deshalb noch mehr arbeiten. Die Kraft dazu bekam er durch die Vorstellung, bald die Schulden los zu sein. Es entstand ein Gefühl der Sicherheit aus dem tiefen Tal der Schulden heraus zu kommen durch diese überhandnehmende Prüfarbeit. Künstlerisch blieb August aber frei. Arbeiten musste er schnell wie der Teufel und bis zur totalen Erschöpfung.

Sein so geschundener Rücken ließ das alles nur deshalb zu, weil sich August einmal im Jahr in Montegrotto zur Kur aufhielt. Dieses Kuren verband er immer mit den großen Ferien, damit seine Frau zu ihrem Mann und sein Sohn zu seinem Vater kam. Er wollte auch der Familie gerecht werden.

Augusts Mutter und ihr Mann konnten August und KN in dieser Zeit nur mit einem geringen Betrag aushelfen, da Fred sich in Ermangelung eines Nachfolgers langsam aus dem Geschäft zurückgezogen hatte und sein Büro nur noch in kleinem Rahmen betrieb.

Diesen Betrag haben sowohl KN wie auch August sofort und in kleinen Beträgen monatlich zurückgezahlt.

Mit der Zeit kehrte wieder eine finanzielle Sicherheit im Hause Reruem ein. KN und August hatten auch wieder gelernt, ruhig zu schlafen. Vorher war ein gesunder und ausreichender Schlaf verloren gegangen, getrieben durch die Angst nicht zahlungsfähig zu sein. Hinter August und seiner Frau lagen nun Jahre, die als harte Prüfung bezeichnet werden konnten.

Nach dieser Krise stand August mehr vor der Kamera als auf der Bühne. Die Arbeit war dort einfach viel besser bezahlt und mit Theatergagen überhaupt nicht vergleichbar. Er brauchte aber wenigstens einmal im Jahr das Theater, den direkten Kontakt zum Publikum, Bühnenluft. Ohne die wunderschöne Aufgabe, den dramaturgischen Bogen von A nach Z durchzuspielen, hätte er den Fernsehwahnsinn nicht durchgehalten. Diese Freiheit gönnte er sich und gastierte vor Allem regional, aber auch bundesweit. Seine Erfahrung und seine Fachkenntnis verhinderten es, dass er eine Inszenierung mitmachte, wie er es beim Kirschgarten erlebt hatte. Er spielte den von ihm selbst geforderten ‚Impulsgeber für Gefühle'. Das waren Komödien, Volkstheater, Dramen, Klassiker aber auch Modernes und Boulevard. Die von ihm geschaffenen und weitergegebenen Emotionen waren Impulse und wurden vom Publikum dankbar angenommen. Für August waren diese Gastspiele ein Muss! Er füllte so seine immer schneller leer werdenden Batterien auf.

KN war durch die Schule stark beansprucht, da die Pflichten der Lehrer immer mehr zunahmen, die Rechte der Pädagogen aber sich auf ein absolutes Minimum reduziert hatten. Es belastete KN sehr, dass ihr Mann so viel arbeitete, tagsüber drehte und abends auf der Bühne stand.

Wieder war Gemeinsames kaum noch möglich, und auch das Privatleben war völlig eingeschränkt. Wenn es überhaupt stattfand, zeigte die Uhr frühestens 23 Uhr, eine Zeit, die KN normalerweise zum Schlafen gehen nutzte, da sie am Morgen um 6 Uhr aufstand. Am Wochenende waren oft Doppelvorstellungen zu spielen, somit war auch da kein gemeinsames Leben möglich. Jeder lebte in seinem Aufgabenbereich, der Rausch war dahin, das Feuer der Beziehung erloschen. Das Leben war zu einem Trott, einer Tretmühle geworden.

Michael besuchte das Gymnasium und durchlief die Schuljahre als Schüler ohne besondere Schwierigkeiten. Die Pubertät erwischte ihn sehr früh und damit folgten besonders aufreibende Jahre im Hause Reruem. Wann immer die Eltern versuchten, ihren Sohn in diesem schwierigen Alter zu unterstützen, handelte Augusts Mutter im Hintergrund. Sie widerrief und hinterging Anordnungen der Eltern, ohne sich jedoch ihnen gegenüber zu erklären. Es war ein geheimer Pakt zwischen Großmutter und Enkel entstanden, zum dem niemand anderer Zugang hatte. Vor den Augen der Eltern taktierten die Großmutter und der Enkel im Verborgenen. Sie nutzten diesen Verbund sehr geschickt, nach außen für keinen zu erkennen und deshalb nicht sichtbar. Der in den früheren Ferien zwischen beiden entwickelte, dann praktizierte Zusammenhalt wurde nun ausgebaut zu einer, für andere nie mehr einzunehmenden Festung. Es fiel August auf, dass sein Sohn sich immer mehr von den Eltern distanzierte. Brachte er das ins Gespräch, erklärten erst die Großmutter, dann auch die Mutter das mit der gerade stattfindenden Pubertät. So wurde August gegen seinen Willen zu einem Vater, der den Sohn nur kritisierte, weil er der Einzige war, der sich dem Verhalten des Sohnes widersetzte. Er wollte das nicht, sagte das auch, aber der Ablauf des Lebens bestimmte ihn in diese Position. Das machte ihn noch einsamer.

29 GROSSMUTTERS TOD

Augusts Mutter hielt sich wieder einmal mit ihrem Mann in Köln auf. Es war an einem Freitagvormittag im Monat Mai des Jahres 1986, als sie zum Friedhof Melaten wollte, um das Grab einer früheren Freundin zu besuchen. August fuhr sie dorthin und begleitete sie auch zu der Grabstätte. Sie war eine kranke, 125 kg schwere Frau geworden, die das Leid dick gemacht hatte, wie sie behauptete. Bewegen tat sie sich nur selten und oft mit Unterstützung anderer. Am Grab stehend, äußerte sie den Wunsch, nach dem Familiengrab mütterlicherseits zu schauen, um sich über den Zustand des Grabes zu informieren. Eigentlich hatte seine Mutter damit nichts zu schaffen, waren doch andere für die Pflege und den Erhalt der Grabstätte verpflichtet und verantwortlich.

Augusts Mutter hatte sich sofort nach der Erstellung des Erbvertrages von ihrer Mutter zurückgezogen und sie auch nicht mehr besucht. Überall begründete sie es so: „Wer meinen Sohn des Krankenhauses verweist, der hat auch mich hinausgeschmissen! Ich wusste, wie das Biest ist, ich hätte voraussagen können, was da kommt. Nur gut, dass ich das Vermögen meines Sohnes habe notariell schützen lassen, sonst hätte der auch nichts!" Ihre Augen wurden dann immer wässrig, die Stimme brüchig: „Günter steckt da nicht hinter, er ist auch mein Sohn. Dieses Biest und der Drecksack von Staatsanwalt haben ihn auf dem Gewissen. Günter schlägt leider in die Familie des Vaters, er ist so schwach, lässt sich so leicht beeinflussen und manipulieren." Nachdem sie ein Taschentuch zwischen Arm und Bluse herausgezogen hatte, um damit vermeintliche Tränen abzuwischen, beendete sie ihre Ausführungen. „Wenn Günter heute vor meiner Türe stünde, ich schwöre euch allen, sie wäre für ihn offen! Ich bin doch seine Mutter und das bleibe ich auch, egal was der alles angestellt hat! Eine Mutter verzeiht alles, denn Kinder können nichts dafür!"

August, seine Frau, sein Sohn und sein Adoptivvater, kannten diese Sprüche, weil irgendetwas in dieser Art täglich über ihre Lippen kam, und deshalb hörten sie alle nicht mehr hin. Die anderen aber, die das unregelmäßig zu hören bekamen, also Verwandte, Freunde, Bekannte und fremde Menschen waren beeindruckt. Fasziniert von einer starken Frau, die nach aller erlebten Unbill noch verzeihen konnte. Leider erkannte niemand die Verlogenheit dahinter, die Yellow Press Mentalität die Augusts Mutter immer mehr verinnerlicht hatte. Sie hatte immer schon alle diese Boulevard Blättchen studiert, in den vergangenen Jahren weitaus intensiver, weil sie hier jetzt auch ihren Sohn August, den erfolgreichen Künstler wiederfand. So beherrschte sie die Klaviatur und die Terminologie dieser journalistischen Zunft und wurde zur besten Anwenderin von schwarz-weiß gemalter und teils erlogener Lebenswahrheit dieser oftmals betrügenden Journale.

Einem inneren Impuls folgend, schlug August vor, getrennt ans Familiengrab zu gehen. Er musste die Ruhestätte suchen, weil er schon einige Jahre nicht mehr dort gewesen war. Reihe für Reihe ging er ab und stand endlich als Erster vor dem Grab. Dort lagen drei verwelkte Kränze neben der großen Marmorplatte, die das Grab abdeckte. August wurde von einer neuen Inschrift auf dem Grabstein überrascht.

Katharina Regnaz geboren am 29.06.1901, verstorben am 16.01.1986.

Seine Großmutter war tot, schon vier Monate.

Betroffen lief August seiner Mutter entgegen, die nur noch zwei Felder entfernt war. Er nahm sie in den Arm, blieb mit ihr stehen und sagte: „Deine Mutter ist tot! Es tut mir leid!"

Helene zeigte keinerlei Regung, starrte nur in Richtung Familiengrab. Erst nach einigen Momenten erwiderte sie: „Endlich ist dieses Biest tot! Jetzt kann sie kein Unheil mehr anrichten!" Mit diesen Worten setzte sie den Gang zum Grab fort. Sie hatte August stehen lassen, der bestürzt hinter ihr herschaute, weil er diese Äußerung nicht erwartet hatte, geschweige denn begreifen konnte.

Von diesem Blick an wusste August um das Krankenbild seiner Mutter, das den starken und abgrundtiefen Hass in seiner Mutter hervorgerufen hatte. Psychologen nennen es paranoide Schizophrenie.

Als sie sich von dem Grab entfernten, fragte sich August, wieso sie nichts von dem Tod der Stammmutter erfahren hatten, obwohl ein Erbvertrag bei Gericht hinterlegt war. Er teilte seine Überlegungen seiner Mutter mit und fuhr mit ihr auf direktem Wege zum Nachlassgericht.

Sie hatten großes Glück, wurden sie doch, trotz nahendem Wochenende und dem damit verbundenen, frühen Feierabend von einem arbeitsunwilligen Rechtspfleger empfangen. Abweisend fragte er nach dem Hintergrund des Besuches. August erbat Auskunft über den Nachlass der Katharina Regnaz und erwähnte auch den damit verbundenen und hier im Hause hinterlegten Erbvertrag. Der

Rechtspfleger suchte nach dem Vorgang, fand die Akte und blätterte darin herum. August stellte keine Verwirrung bei dem Sachbearbeiter fest. Mit Blick auf Mutter und Sohn sagte er: „Die Akte ist geschlossen, das Testament wurde erfüllt! Ein Erbvertrag hat hier nicht vorgelegen! Der Universalerbe Günter Bachschup hat die Immobilie schon auf sich überschreiben lassen. Laut seiner schriftlichen Aussage gab es außer ihm keine weiteren lebenden, leiblichen Verwandten der Katharina Regnaz."

Helene war nun außer sich vor Wut. Sie beschimpfte den Rechtspfleger, auch ihre tote Mutter, und sie schrie August an, schon mal wieder von diesem Biest und ihrem anderen Sohn, um ihr Erbe gebracht worden zu sein. August versuchte, sie zu beruhigen und veranlasste den Rechtspfleger im Notariat der Erblasserin anzurufen, um die Existenz eines Erbvertrages zu überprüfen. Das Notariat bestätigte die Existenz eines Erbvertrages und verwies auf die Hinterlegung der Urkunde beim Registergericht durch den Notar selbst. Also lag es auch hier vor. Nun wurde der Rechtspfleger sichtlich nervös und hektisch. Er ließ August und seine Mutter in seinem Zimmer zurück, um den zuständigen Richter aufzusuchen.

Nach mehr als einer Stunde erschien er wieder, mit hochrotem Kopf, noch nervöser und hektischer als zuvor. Er zeigte eine Faxmitteilung des Notars, die als Überschrift das Wort ,Testament' auswies. Darunter war ihr Enkel

August als Universalerbe eingesetzt. Dieses Schriftstück kannte August. Es war identisch mit dem Schriftstück, dass Katharina ihm 2 Jahre vor der Niederschrift des Erbvertrages gegeben hatte. Dieses Testament war aber durch den Notar erweitert worden und enthielt einen für August unbekannten Zusatz. Des Weiteren wird erbvertraglich geregelt, dass Helene Reruem den Nießbrauch an der Immobilie in Köln Nippes erhält.

Der Rechtspfleger zeigte nun zitternd ein weiteres Schriftstück, aus dem hervorging, dass Günter Bachschup vor Jahren ein anderes Testament vorgelegt hatte, dass ihn als Alleinerben auszeichnete. Dieses Testament hatte keinen Zusatz, keine Einschränkung und war datiert auf den Tag, an dem August der Zutritt in das Krankenzimmer verwehrt worden war.

Der Rechtspfleger gestand, dieses Testament mit dem anderen ausgetauscht zu haben und das erbvertragliche, Günter Bachschup ausgehändigt zu haben, was dieser durch einen vor Jahren ausgestellten Beleg auch quittiert hatte. „Dabei muss ich wohl den Zusatz der erbvertraglichen Vereinbarung überlesen haben," meinte er verlegen.

Helene war einem Herzinfarkt nahe und kaum zu beruhigen. August bestätigte dem Rechtspfleger, die Fehler bei der Abwicklung des Vorganges verstanden zu haben und bestand auf Erfüllung des Erbvertrages. Der

Nachlassvollstrecker erklärte nun, dass er, in Absprache mit dem Richter, Günter Bachschup heute noch über den rechtlich relevanten Nießbrauch informieren würde. Damit war der abgeschlossene Erbvorgang wieder zur Vollstreckung ausgesetzt. Er verpflichtete sich, auch noch den ganzen Samstag im Gericht zu sein, damit Günter Bachschup die Möglichkeit habe, den für morgen richterlich festgesetzten Termin zur Anerkennung des Nießbrauches anzunehmen. Der Richter hatte zuvor telefonisch die Anwesenheit von Günter Bachschup in Köln überprüft. Sollte der nicht von alleine kommen, würde er offiziell vorgeführt. „Ich verspreche ihnen, dass sie am Montag ihren Erbanspruch, gerichtlich bestätigt, in Händen halten," schloss der Rechtspfleger seine Erklärungen.

Jetzt schlug die gereizte Stimmung von Helene in Euphorie um. Mündlich hatte sie eine Bestätigung erhalten, dass sie erben würde, 42 Jahre nach dem Tod ihres Vaters.

Diese ‚freudige' Botschaft teilte sie sofort allen in der Familie mit. Ihr Mann war mit dem Nießbrauch nicht einverstanden, er meinte, es sei besser sich das Pflichtteil auszahlen zu lassen und empfahl ihr, sich anwaltlich beraten zu lassen. August hingegen war der Auffassung, dass der Nießbrauch anzunehmen sei, da die nicht unerheblichen Mieten lebenslang auf ihr Konto laufen würden. Das hieß eine Absicherung bis zum Lebensende, auch noch in 30

Jahren! Die Auszahlung des Pflichtteils war seines Erachtens nur interessant, wenn man kurzzeitig plante.

Helene und Fred blieben solange in Köln, bis der Erbvorgang geregelt war. Helene entschied sich für das Nießbrauchrecht und ließ es in das Grundbuch eintragen. Im Zuge der anwaltlichen Beratung erfuhr August, dass er durch die Vorgehensweisen von Mutter und Bruder von dem gesamten Erbe ausgeschlossen worden war. Mutters Entscheidung, kein Pflichtteil zu beanspruchen, führte ebenfalls dazu, nicht einen Cent vom Vermögen seines Großvaters zu bekommen. Er wollte das auch nicht! Nur wehrte er sich immer wieder gegen die Darstellung seiner Mutter, sie habe alles nur für ihn gemacht!

Sie hatte alles im Sinne ihres Vorteiles geregelt und damit alles für August vertan. August machte die Hausverwaltung für seine Mutter und erhielt von ihr dafür ein Honorar. „Du sollst auch etwas von deinem Großvater haben", war ihre Bemerkung dazu. Sein Bruder aber hatte den Innenbereich des Hauses sanieren lassen, und diese Kosten waren nun von seiner Mutter zu begleichen.

30 MACHT

Helene hatte nun Macht durch das Geld. Sie verfügte über ein Einkommen, dass sie zu einer wohlhabenden Frau machte. August entdeckte ganz schnell, dass seine Mutter seiner Großmutter immer unähnlicher wurde. War die

Großmutter immer mit dem Geld großzügig, so war das Helene nicht. Ihre Vorgehensweise war eine andere. Sie stellte sich überall als Gönnerin dar, was die Großmutter nie gemacht hatte. Die Fabrikantentochter tat Gutes, schloss dabei aber viele Menschen um sie herum aus. An erster Stelle stand da ihr zweiter Ehemann Fred. Sofort behandelte sie ihn als Domestiken, als einen nur von ihren Gnaden lebenden Menschen. Dabei hatte Fred durch seine Heirat für eine Frau mit zwei Kindern gesorgt, den beiden Kinder ein Studium finanziert und Helene ein Leben in Wohlstand beschert. Das schien nun alles vergessen. Sie hatte durch den Nießbrauch mehr monatliches Einkommen als ihr Ehemann, über fünfmal so viel, und deshalb hatte der sich unterzuordnen. Bis hierhin, bis zu dieser Erbschaft machte sie immer das, was der Ehemann erwartete. Das machte sie auch, wirtschaftete in seinem Sinne und sah sich als ausführendes Organ des verdienenden Mannes. Je älter sie wurde, je mehr litt sie aber unter der Erkenntnis, keine eigenen Mittel in Händen zu halten. Deshalb unterschlug sie perfekt Geld, um dann neues vom Ehemann zu erhalten. Damit prahlte sie auch noch in ihrem Umfeld. Besonders der Enkel wurde darüber informiert, denn sie erklärte ihm so, wie kostensparend sie wirtschaftete. Nebenbei konnte dem Enkel auch noch mitgeteilt werden, wie sehr doch seine Mutter das Geld herausschmiss also nicht wirtschaften konnte. Nun aber legte sie fest sie, wo es lang ging, als Überlegene und Bestimmende.

Sie hatte wieder in die Zeit der Fabrikantentochter zurück-
gefunden.

Fred hat das nicht verstanden. Seine Fürsorge, seine bis
dahin umgesetzten Ratschläge gehörten der Vergangenheit an und wurden nun nicht mehr angenommen und ge-
nutzt. Vielmehr zeigte seine Frau ihm, dass sie von nun an
beabsichtigte, alleine zu handeln und machen würde, was
sie wollte. Sie hatte sich völlig über ihn erhoben und trak-
tierte ihren Mann mit ihrer vermeintlichen Macht. Augusts
Adoptivvater zog sich immer mehr in seine intellektuelle
Welt zurück und wurde still. Er beschäftigte sich mit Ast-
ronomie, Schach und Mathematik. Auch begann er wieder
mit der Malerei. Tagelang, oft wochenlang saß er wortlos
in seinem Büro und ging seinen Interessen nach. Nicht
Fred verweigerte sich einer Kommunikation, nein, seine
Frau strafte ihn für angebliches Fehlverhalten durch lan-
ges Schweigen ihrerseits.

Sie informierte August und KN telefonisch über diese von
ihr kreierten Lebensform. Fred verhielt sich aber still. Sein
Leben lang hat er nie mit August, auch nicht mit KN über
das Verhältnis zu seiner Frau gesprochen. Niemals hat er
auch nur die Ahnung einer Beschwerde bei August und
KN ankommen lassen. Er war immer ein diskreter, auf-
richtiger und ehrlicher Mensch, wenn auch jemand, der
Manieren brauchte, wie seine Frau es ausdrückte.

Die Spannungen im Hause Reruem Senior wurden massiv und eskalierten. Die reiche Erbin provozierte Auseinandersetzungen, indem sie ihren Mann wissen ließ, welch niederer Herkunft er doch war.

„Ohne mich bist du ein Nichts, ich lasse mich nicht mehr von dir unterdrücken und benutzen. Jetzt zähle nur noch ich! Entweder du ziehst mit, oder du verkommst hier ohne meine Hilfe in deinem eigenen Dreck," bedrohte sie ihn. Nach solchen Krächen fuhr sie alleine nach Köln zu August, KN und Michael. „Dem habe ich nun aber Mal Bescheid gesagt!" Mit diesen Worten zog sie in das Gästezimmer ein, um dann in epischer Breite von dem Fehlverhalten des zurückgelassenen Ehemannes zu berichten.

Sie prägte und schuf ein Bild ihres Mannes, das ihn als schwierigen, nicht anpassungsfähigen Menschen darstellte. Eines Individuums, das nur dank ihrer ständigen Vermittlungsbemühungen noch Umweltkontakte pflegen konnte. Hier wurde ein Mensch beschrieben, den August und seine Frau nie kennengelernt hatten. Sie wussten um den Beliebtheitsgrad ihres Vaters, kannten seine gesellige, unterhaltsame Art, schätzten es, wie sehr andere Menschen seine Nähe suchten. Beide konnten das alles nicht nachvollziehen oder gar verstehen, vor allem auch deshalb, weil er sich zu keiner Stellungnahme, zu keinem bewertenden Kommentar hinreißen ließ. Das gesamte persönliche Umfeld von Augusts Mutter war bis ins Detail über die Familiengeschichte informiert, kannte ihren Leidensweg, wusste von der über den Tod hinaus schützenden Hand des Fabrikantenvaters und erfuhr nun plötzlich von einem skurrilen, schwierigen und uneinsichtigen Ehemann, an den sie trotz aller heroischen Bemühungen, was Benehmen anbelangte, nichts herangebracht hatte. Dank ihres Boulevardpressenjargons traf sie hierbei immer einen überzeugenden Ton. Ihre Zuhörerschaft hatte es mittlerweile auch gelernt, durch die Medien trainiert, sich übertriebenen auch erlogenen Informationen gegenüber entsprechend zu verhalten. Gerade eine Rosamunde Pilcher ist für Spiele dieser Art anwendbar, weil dahinter immer die Hoffnung versteckt ist, dass das Gute im Leben siegt. Die gebeutelte, geschundene, bis an die Grenzen des Erträglichen sich verausgabende Person erfährt Wiedergutmachung.

Im September 1987 weilten Helene und Fred mal wieder in Köln. Die, durch die Mutter hervorgerufenen Spannungen, hielt August nicht mehr aus. Er sprach zunächst beide Eltern an: „Seid ihr eigentlich noch bei Sinnen? Ihr habt ein Leben, wie es schöner nicht sein kann, und ihr streitet euch wie Wahnsinnige. Habt ihr den Überblick verloren? Gesund seid ihr. Es gibt keine finanziellen Nöte. Ihr könnt euch alles leisten! Warum quält ihr euch? Weshalb genießt ihr eurer Leben nicht, verreist, lebt und goutiert gemeinsam? Macht euch ein schönes Leben, Herrgott nochmal!"

Dann brüllte er seine Mutter an. „Ich glaube, deine finanzielle Unabhängigkeit hat dich jetzt völlig verrückt gemacht, dich zu einer Frau werden lassen, die alle ethischen Maßstäbe verloren hat. Hast du vergessen, was dein Mann alles für dich und uns getan hat? Woher nimmst du überhaupt das Recht, dich über andere Menschen zu stellen, den Wert anderer Menschen zu definieren? Dein eigenes Leben erklärst du immer als ein ständig erduldetes, ertragenes und geschundenes Schicksal. Gibt es nichts anderes, was dich ausmacht? Hör auf, von Gerechtigkeit zu sprechen, die dein Vater dir noch aus dem Himmel heraus ermöglicht! Du warst immer verlogen; du hast immer Unwahres verbreitet, dabei aber noch den Anspruch erhoben, rechtschaffen und ehrlich zu sein. Dann behauptest du auch noch, und das ist der Gipfel des Bösen, alles nur auf dich zu nehmen, um Anderen Gutes zu tun. Die Summe der Wiederholungen hat deine Lügen im Lauf der Zeit wahr gemacht. Die Stetigkeit und Hartnäckigkeit deiner immer wiederholten Aussagen haben die Lüge zur Wahrheit gemacht. Du glaubst dein Leben mittlerweile selbst. Darauf kann man nicht stolz sein! Sich über Leid zu definieren, ist das Schlimmste was man machen kann. In deinem Fall gilt, Leid, was man sich auch selbst noch geschaffen hat. Meinst du allen Ernstes, dass dein Vater das gewollt hat? Verdammt noch mal, höre endlich auf mit deinen exzentrischen Wahnvorstellungen! Verschone uns und deine Umwelt damit! Wenn deine Mutter wirklich so schlimm war, wie du jedem erzählt hast, dann bist du viel schlimmer, weil du alles öffentlich machst und gemacht hast und dich obendrein auch noch damit brüstest.

Vater, ich bitte dich, hau endlich einmal auf den Tisch und bring deine Frau zur Raison. Wenn ihr so weitermacht, zerstört ihr alles, was einmal für mich von Wert war!"

August hatte sich in Rage geredet, aber er war froh und auch erleichtert das einmal gesagt zu haben.

Seine Mutter war beleidigt, und Fred drückte seinen Adoptivsohn wortlos. Dann fuhren sie nachhause. Ab diesem Zeitpunkt fanden die Köln Besuche nur noch in größeren Abständen statt.

August und KN hatten nun auch viel weniger Anteil an dem Leben der Eltern. Die Mutter suchte sich neue Opfer, baute ein neues breiteres Umfeld um sich auf, jedoch ohne ihren Mann als Partner dort mit einzubeziehen. Neue Geschichten kamen dazu. Sie war die arme Frau, die, wie konnte es auch anders sein, nun mit einem trotteligen, nicht standesgemäßen Ehemann das Leben fristen musste. Liebend gerne wäre sie nach Köln zurückgezogen, schließlich war sie Großstädterin, aber dieser Wunsch war nicht realisierbar, weil sie ihren Mann nicht vom Land wegbekam, wie sie es darstellte. Eigentlich lebten die Eheleute zwei parallele Leben, jeder lief in seiner Spur, ohne den anderen mitzunehmen.

Ein großes Interesse widmete Augusts Mutter nach wie vor ihrem Enkel. Dessen Eltern baten sie mehr als einmal, den Jungen nicht finanziell zu unterstützen. Die Großmutter handelte hinter ihren Rücken und ermöglichte dem Enkel jede erfragte Summe.

August hatte sich für 100 DM einen fast bodenlangen Kaschmir Wintermantel bei einem Cash & Carry Unternehmen gekauft. Mit großer Begeisterung führte er dieses Kleidungsstück seinem Sohn vor. Michael wollte ebenfalls einen Staubmantel aus Kaschmir haben. August gab ihm 100 DM und forderte ihn auf, sich den Mantel dort zu kaufen, wo er selbst eingekauft hatte. Billiger war an einen Wintermantel mit dieser Qualität nicht heranzukommen. Michael lehnte das ab und meinte, in so einem Geschäft würde er nicht einkaufen! August verlangte sein Geld zurück. Offensichtlich brauchte sein Sohn keine neue Winterbekleidung. Es vergingen drei Wochen, und Michael kam aus der Stadt, wo er in einer Boutique 890 DM für einen Kaschmirmantel bezahlt hatte. Das Geld hatte er von seinem Sparbuch genommen, wie er der entsetzten Mutter mitteilte. In Wahrheit aber hatte Helene den Mantel gesponsert. KN verurteilte das Verhalten ihres geliebten Sohnes mit den Worten: „Dein Vater arbeitet Tag und Nacht, trägt einen Mantel für 100 DM, aber du bist dir zu schade für so eine Bekleidung! Du leistest dir einen Mantel für fast 900 DM. Das ist ein zutiefst flegelhaftes

Verhalten!" Der Mantel von Michael fuselte schon nach einer Saison und war nicht mehr tragbar. August trug seinen Mantel mehr als zehn Jahre. Er ist immer noch in seinem Besitz und wäre noch tragbar.

Für das Basketballspielen hatte Michael von seinen Eltern neue Turnschuhe für 189 DM erhalten. Eine Woche später forderte er neue Hallenschuhe für das Basketballspiel. Laut seiner Darstellung forderte die Schule diese Sportausrüstung, da Schuhe, die auf der Straße getragen wurden, in der Halle nicht zugelassen waren. August war wegen dieses Schuldiktates verärgert, aber KN und Michael überzeugten ihn von der Notwendigkeit. Er ging mit beiden in ein Schuhhaus, um Hallenschuhe für Basketball zu erwerben, fragte nach Sonderangeboten und fand ein Paar Basketballschuhe der Firma Puma zu einem Preis von 50 DM. Diese sahen fast genauso aus, wie die vor einer Woche gekauften amerikanischen Schuhe für 189 DM. Michael probierte widerwillig dieses Angebot an und bemerkte, dass er diese Marke nicht benutzen würde, da sie nur von Asozialen getragen würde. Diese Aussage brachte August zum Ausflippen! Er konnte sich wegen der Ungeheuerlichkeit dieser Worte nicht beruhigen. Er fragte, was sein Sohn denn erwartete! Michael beanspruchte die gleichen Schuhe wie schon eine Woche zuvor. Ohne Schuhe zu kaufen, verließ die Familie das Schuhhaus. Eine Woche später hatte Michael ein zweites Paar der Schuhe für 189 DM, wieder von der Großmutter bezahlt. August stellte seine Mutter zur Rede. Die aber ließ ihn abblitzen mit den Worten: „Ich habe doch nur den einen Enkel, die anderen werden mir vorenthalten, und schließlich kann ich es mir leisten. Du sagst mir nicht, was ich zu tun oder zu lassen habe!"

August belehrte sie und teilte ihr mit, dass er sehr wohl in der Lage wäre, ihr den Enkel vorzuenthalten.

Er vereinbarte mit allen Beteiligten, Michael beim Geldausgeben zu kontrollieren. Gegebenenfalls sollten auch Dinge zurückgegeben werden, die von der Großmutter finanziert worden waren. Das führte dazu, dass seine Mutter und sein Sohn nun perfekt im Geheimen paktierten und August immer mehr zu einem Vater wurde, den Michael wegen seiner Strenge ablehnte. KN stand zwischen den Fronten. Einerseits war die Schwiegermutter immer noch Ersatz für ihre früh verlorene Mutter, andererseits hielt sie zu Michael und seinen pubertären Verdrehungen. Somit stand sie gegen ihren Mann. Augusts Mutter verstand es weiterhin, emotional zu erpressen. „Für mich brauche ich nichts, aber der Junge soll all das haben, was ich meinen Kindern nicht bieten konnte!"

Michael ging mit riesigen Schritten auf das Abitur zu. Dank seiner Intelligenz arbeitete er aber nur wenig. Als Unterstufenschüler hatte er Schwierigkeiten in der Schule, die hatten aber mit seiner mangelnden Anpassungsfähigkeit zu tun. Kritik konnte und kann er bis heute überhaupt nicht vertragen. Die Großmutter förderte das mit den Worten: „Du lässt dir mal nie die Butter vom Brot nehmen, so wie das mir passiert ist!"

So eine Aussage kann ein gesundes Selbstbewusstsein entwickeln. In diesem Fall tat sie es aber nicht. Sie führte dazu, dass Michael sich immer durchsetzte, manchmal auch mit körperlicher Gewalt. Dabei war es völlig unwichtig, ob er im Recht war oder falsch lag. Das ging so weit, dass Michael Kontakte zu Leuten abbrach, die ihm überlegen waren, diese aber bei Menschen suchte, die sich ihm unterordneten. Sich selbst gegenüber war er absolut unkritisch, sah sich immer als Leidender und Unverstandener, bestimmte wie seine Großmutter, was richtig oder was falsch war. Hier lagen die Wurzeln verborgen zu einem sich entwickelnden Narzissmus, den nur August erkannte, die übrige Familie aber nicht. Michael wurde zum Schatten seiner Großmutter, unfähig sich selbst zu verwirklichen. Tragisch bei einem so intelligenten Menschen, aber ein Zeichen dafür, was unüberlegtes Folgen für Konsequenzen haben kann.

August hatte die Prüfstatik aufgegeben, drehte tagsüber und spielte am Abend Theater. Zwar hatte er sich als nennenswerter Schauspieler etabliert, war auch inzwischen bundesweit bekannt geworden, aber der letzte Schritt zu einem wirklich bekannten Gesicht fehlte noch. Er war nicht das, was man als einen Star bezeichnet, aber er war jemand, der unbedingt dazu gehörte.

31 ABITUR

Als Michael Abitur machte, begann für August die Zeit, wo er zum wirklichen Star wurde. Er hatte eine Rolle angenommen, die er mehr als acht Jahre mit über 180 Folgen spielen sollte. Diese Arbeit wurde wöchentlich zur Primetime gesendet und sie bescherte dem Privatsender Topquoten. Mit Zuschauerzahlen von 20-28 % belohnten die Zuschauer diese Arbeit. Überall kannte man nun sein Gesicht, man sprach und fasste ihn an, unabhängig davon, ob er das wollte oder nicht. Er war ein Teil der Öffentlichkeit geworden! Selbst im Ausland kannte man nun den Schauspieler August Reruem und auch dort besetzte man ihn.

Michael hatte ein gutes Abitur gemacht. Mit einem Jungen aus seiner Klasse feierte er an einem Montagabend danach den Abschluss des erfolgreichen Lebensabschnittes. Dieser junge Mann war seit der achten Klasse sein bester Freund, und die jungen Leute hatten sehr viel Zeit miteinander verbracht. Freunde waren sie nicht zuletzt deshalb geworden, weil Michael ihn beherrschen konnte. Für den Einstieg in diese Freundschaft sorgte aber auch der Vater des Freundes.

Der war niedergelassener Psychologe und zugelassener Gerichtsgutachter. Dieser Seelendoktor hatte den jugendlichen Michael angesprochen und ihn unter vier Augen gebeten, sich um seinen Sohn zu kümmern, da dieser durch eine Krankheit gehandicapt war. August konnte nicht verstehen, dass ein Psychologe, Vater dieses Jugendlichen, Freundschaft erzwang, dazu als Grund ein Handicap angab und nicht die gegenseitige Sympathie. Aber vielleicht lagen hier die Unterschiede zwischen Kunst und Wissenschaft.

Michael nahm sich des gehandikapten Jungen an. So hatte er die Möglichkeit, sein mangelndes Sozialverhalten zu kaschieren, das von der Großmutter geschaffen worden war. Sich als Held darzustellen war noch eine Beigabe zu seinem Verhalten. August warnte seine Frau und wies auf das Äquivalent zu Mutters Leben hin. Diese Entscheidung wurde natürlich von seiner Großmutter aber auch von seiner Mutter unterstützt. Nur August hatte sich etwas anderes gewünscht, passte sich aber an. Michael hätte es bestimmt gutgetan, Anerkennung erkämpfen zu müssen, aber daraus wurde nichts.

Durch die Freundschaft der Jungen pflegten auch die Familien privaten Kontakt miteinander. Michael und sein Freund verbrachten oft die Ferien bei der Großmutter von Michael. Sie hat immer beide eingeladen und sie bestand darauf, dass der Freund mitkam. Im Ort gab es nämlich keine Freunde mehr für Michael, weil er die alle schon vergrault hatte, teils mit Prügel, teils durch die Oma, die den sozialen Stand dieser Bauern nicht akzeptierte.

Warum auch nicht, dass passte alles prima, hier konnte man wieder zeigen, dass man nur für andere da war und half, auch wenn man schon alt und verbraucht war. Was tut man nicht alles für die Kinder! Es hatte aber noch den Effekt, dass Michael noch viel mehr von der Verhaltensweise der Großmutter annahm. Hier waren wieder die Worte: ‚Du bist wie mein Vater‘, nur war es diesmal nicht August, es war Michael.

Bei der privaten Abiturfeier wurde mit Tequila gefeiert. Reichlich abgefüllt kam Michael irgendwann nachts nach Hause. Am nächsten Tag erzählte er nur, dass es toll gewesen wäre. Nachmittags rief die Mutter des Freundes bei KN an und fragte sie, ob sie, erfahren mit Schulmaterialien, wisse, wie man Filzstift von einer Gorotex Jacke entferne. KN wusste keinen Rat und verwies sie an eine Reinigung. Danach war das Gespräch beendet.

Samstags darauf war die große, offizielle Abschlussfeier des Gymnasiums im Bergischen Löwen in Bergisch Gladbach. Alle feierten mit, die Großeltern, August und KN und der stolze Abiturient. Man hatte schon Wochen vorher gemeinsam mit der Psychologenfamilie einen Tisch reserviert. An diesem Tage jedoch war schon vor dem

Ballhaus das Zusammentreffen der Familien sehr zurückhaltend. Das ging in erster Linie von dem Psychologen und seiner Familie aus. Eine seltsame, sehr unterkühlte Stimmung breitete sich auch sofort am gemeinsamen Tisch aus. August und KN verstanden das nicht, waren sie doch einen freundlichen, aufgeschlossenen Kontakt gewohnt. Die Gespräche verliefen sehr förmlich, und es entstand eine große Kluft zwischen den Familien. Erstaunlich war ebenfalls die Tatsache, dass die beiden Freunde nicht nebeneinandersaßen. Das wollten sie auch nicht. Eine rechte Feierstimmung kam nicht auf. Gegen 22:00 Uhr erfuhren August und KN wie auch alle anderen am Tisch Sitzenden, was der Grund für die Zurückhaltung und die miese Stimmung war. Der Psychologe packte aus! Michael soll mit anderen jungen Leuten montags bei der Tequila Sauftour seinen Freund, als der betrunken war wegen seiner Krankheit gehänselt und geschlagen, ihn dann auf dem Boden liegend bepinkelt und danach allein und hilflos zurückgelassen haben. Außerdem warf er Michael vor, die Jacke aus Gorotex des am Boden liegenden Freundes mit Filzstiften obszön und unflätig beschriftet haben. Dafür würde er den Beweis antreten können, anhand eines graphologischen Gutachtens, das er als Psychiater erstellt hatte. Sein Sohn bestätigte diese Vorwürfe vorbehaltlos und Michael erklärte, dass er den betrunkenen Freund in die letzte Straßenbahn gesetzt und dann selbst ein junges Mädchen nach Hause gebracht habe, die in einer völlig anderen Richtung wohnte. Michaels Freund fand sich laut eigener Aussage nach einem ‚Filmriss' morgens um 8:00 Uhr auf dem Deutzer Bahnhof wieder, immer noch völlig betrunken und von Urin benässt. Ein Gesprächstermin für den nächsten Tag wurde vereinbart, wo der Beweis erbracht werden sollte, dass es sich auf der Gorotexjacke um Michaels Schrift handelte. Damit hatte die Abiturfeier ein jähes Ende gefunden. Ein Fest, dass alle Beteiligte, auch bei einem guten Verlauf nur einmal in ihrem Leben genießen können.

Um 17:00 Uhr des nächsten Tages fand der vereinbarte Termin statt. Davor hatten August und KN von Michael eine genaue Schilderung des Tequila Festablaufes verlangt. Michael war äußerst sparsam mit seinen Informationen und wiederholte seine Aussage vom Vortag. Auch konnte er das junge Mädchen, das er nach Hause gebracht hatte, nicht benennen, hat sie nie mehr getroffen und wusste auch nicht, wo sie wohnte, weil er, wie er sagte, zu betrunken war.

Helene mischte sich sofort ein und hetzte ihren Enkel wegen der Anschuldigungen des Psychologen auf. „Nach allem, was mein Enkel und ich für diese Leute getan haben, ist dieser Vorwurf eine Unverschämtheit und eine Geschmacklosigkeit! Ich wünsche keinen Kontakt mehr mit diesen Menschen. Komm mein Kind, du hast dich um diesen Kerl mit seiner Behinderung eine Schulzeit lang

gekümmert und musst dir nun diese Anschuldigungen anhören! Das ist undankbar und infam!"

Auch August und KN glaubten ihrem Sohn, verstanden
aber beide nicht, wie eine langjährige Schulfreundschaft so
beendet werden konnte. August äußerte seinen Verdacht
vor Michael, dass der Freund möglicherweise dieses Ma-
növer selbst gewählt haben könnte, um sich nach dem
Abitur von seinem Vater und seiner Bevormundung zu
befreien. Sich selbst zu beschmutzen, die eigene Jacke zu
versauen und sich selbst zu bepinkeln war nur im Rausch
möglich. Getrunken hatten sie wohl genug, Mut war also
jetzt vorhanden. So führte er die Aktion selbst aus. Nüchtern hätte der Freund das nicht geschafft, und so präsen-
tierte er einen Schuldigen, wie es der Seelendoktor verlangte. Michael hielt diese These für möglich. Um 17:00
Uhr ließen sich die drei Reruems das Corpus Delicti zeigen. Neben der Jacke kredenzte der Psychologe mehrere
von Michael beschriftete Audiokassetten und wies auf die
Gleichheit der Schriften hin. August sah überhaupt keine
Ähnlichkeit und fragte den Sohn des Psychologen, ob er
die Aussagen des Vaters bestätigen würde, und ob es Michael gewesen wäre, der ihn so malträtiert hätte. Als Antwort erhielt er ein von dem jungen Mann gehauchtes „Ja",
ohne dass der dabei seinen Blick vom Boden erhob. August verließ wort- und grußlos das Haus. KN blieb noch
und wies als Mutter und auch als Lehrerin mit aller

Nachdrücklichkeit darauf hin, dass es absurd und abnorm war, wie hier eine Schulfreundschaft, die über Jahre bestand, zerstört wurde! Weder Michael noch der Betroffene konnten auch nur einen Grund nennen, der einen solchen Tatbestand hätten hervorrufen können. Die beiden jungen Männer schwiegen, derweil sich die Eltern erregten und miteinander stritten.

Es folgte ein Prozess gegen Michael, von seinem Freund angestrengt. Nebenkläger und Zeuge in Sachen Grafologie war der Vater. Der Richter fragte den Nebenkläger, ob es sein Ernst wäre, sich als Psychologe auf so ein Niveau eingelassen zu haben und verwies ihn nach seinem bekennenden ‚Ja‘ des Saales. Er stellte das Verfahren ein mit den Worten, dass er die Hoffnung hege, die beiden jungen Männer würden sich ihrer gemeinsamen Schulzeit bewusst und miteinander abklären, was eigentlich im Zustand der Volltrunkenheit passiert wäre. Das ist nie geschehen. August hat ein Leben lang nicht verstanden wie es seinem Sohn möglich war diese jahrelange Schulfreundschaft so zu beenden.

Michael wusste nach dem Abitur nicht, was er studieren sollte. Er war musisch wie auch naturwissenschaftlich und sprachlich begabt. Die Schauspielerei kam für ihn nicht in Frage. Nach einigen Überlegungen dachte er daran, Manager zu werden, hatte er doch Vaters Weltreisen noch nicht vergessen. Also bewarb er sich um einen Studienplatz für

BWL. Leider wurde er nicht angenommen, obwohl seine Noten dem Numerus Clausus gerecht wurden. Er hatte einfach das erforderliche Formular für die Vergabe von Studienplätzen nachlässig ausgefüllt und sich dadurch eine Wartezeit von zwei Jahren eingehandelt. August hatte ihm geholfen, am Wehrdienst vorbei zu kommen, und das machte eine weitere Wartezeit aus. Michael störte das nicht, weil er zuhause wohl versorgt über den notwendigen Luxus verfügte und seine Freizeit genoss. Er wurde in vielen Kneipen und In-Lokalen ein gern gesehener Gast, verschlief die Tage und machte die Nacht zum Tag. Dabei verjubelte er fast seine ganzen Ersparnisse im Wert eines Kleinwagens. August und KN registrierten das sehr wohl, aber ihre Einwände wurden von Helene mit den Worten abgetan: „Wir waren alle mal jung, soll der Junge sich doch austoben!" Mit einem Blick auf August setzte sie fort: „Du warst genauso, und dich habe ich auch gewähren lassen."
Für August war das eine lächerliche Aussage, auf die er nur einmal eingegangen ist. „Das stimmt überhaupt nicht! Ich musste studieren, mir Geld verdienen, und wenn ich den Nachweis meiner Arbeit vorzulegen hatte und nicht erfolgreich war, gab es den dicksten Ärger. Den Führerschein zu machen, wurde mir mit der Begründung verboten, dass ich erst mein Studium abzuschließen hätte. Ich machte ihn heimlich, was wie eine Straftat geahndet wurde. Lehrjahre sind keine Herrenjahre, hast Du stets und ständig meinem Bruder und mir vor geleiert! Bleibe

bitte bei den Tatsachen!" Helene strafte diese Aussage mit einem Blick von unten nach oben und einem Augenschlagen welches bekannt war als - Was erzählst du denn da? –

August und KN ließen Michael noch ein Vierteljahr weitermachen, ohne dass sich auch nur das Geringste änderte. Sie hatten zwar immer wieder mit Michael gesprochen, der aber ignorierte die Gespräche der Eltern völlig. Er war sich der Großmutter als Verbündete und Verständnisvolle sicher, gab dann den Inhalt der Gespräche an Helene weiter, und die bat die Eltern, mit Michael nicht zu streng zu sein.

An einem Samstag platzte August der Kragen als Michael morgens um 7:00 Uhr wieder einmal völlig betrunken auf seinem Bett saß. Er war sehr oft betrunken, konnte sich aber der Entdeckung dadurch entziehen dass er nach Hause kam, wenn die Eltern noch schliefen. An diesem Tag war es anders. August bemerkte seinen betrunkenen Sohn, weil er zur selben Zeit von einem Nachtdreh zurückkehrte. Er versorgte den betrunkenen, lallenden Michael und versuchte dann selbst etwas zu schlafen. August stand um 11.00 Uhr auf, informierte immer noch geschockt KN und weckte dann Michael. Er bestand darauf, dass Michael den Rasen mähte und verlangte die Herausgabe der Kontounterlagen. Während der Gartenarbeit, die Michael unter Protest ausführte, prüfte August die Kontounterlagen und stellte den Verlust des Geldes im Wert eines Kleinwagens fest. Das Rasenmähen führte in kürzester Zeit zu einem größtmöglichen Alkoholabbau. August ließ sich von seinem Sohn die Ausgaben erklären. Michael hatte keinen Überblick über seine finanzielle Situation, zumindest tat er so. Seiner Meinung nach hatte er höchstens 1/8 seiner Ersparnisse aufgebraucht. Schließlich erhielt er doch monatlich eine für Studenten über dem Durchschnitt liegende Apanage. Vater und Sohn klärten das gemeinsam, und August bestand darauf, dass die Zeit des Müßigganges zu beenden wäre.

August verpflichtete seinen Sohn, bei einem öffentlich-rechtlichen Sender Kabelträger beim Frühstücksfernsehen zu werden. Der Kommentar seines Sohnes war: „Jetzt ist mein Leben zu Ende!" Die Arbeitszeit war von 3:00 Uhr nachts bis 10:00 Uhr morgens.

August setzte sich nach einem Jahr mit einem Unternehmer zusammen, bei dem er selbst einmal als Geschäftsführer tätig war und bat ihn um ein betriebswirtschaftliches Praktikum für seinen Sohn. Michael machte dort ein einjähriges Praktikum und durchlief alle Abteilungen der Geschäftsleitung. So verbrachte er auch einige Monate in der juristischen Abteilung des Unternehmens. Hier entdeckte Michael sein Interesse an den Rechtswissenschaften und entschloss sich, Jura zu studieren. Durch einen erneuten Antrag, diesmal aufmerksamer und richtig ausgefüllt, bekam er ein halbes Jahr später einen Studienplatz in Köln.

August und KN waren über den Verlauf des Geschehens sehr erfreut und die Großmutter betonte: „Seht ihr, ich habe es euch ja gesagt!"

Michael hingegen hatte in der ganzen Zeit trainiert, die Eltern außen vor zu halten.

32 LICHT KOMMT NÄHER

August atmete jetzt ruhiger. Die bisher in Bruchteilen von Sekunden durchlebte Vergangenheit hatte ihm Erleichterung verschafft. Deshalb gönnte er sich eine Pause. War ihm doch vieles klarer geworden. Auf seiner Schaukel sitzend, erlebte er einen Teil seiner jugendlichen Kraft erneut, und das erfüllte ihn mit Freude. Er spürte sie im ganzen Körper, die Funktionen gingen ihm viel leichter von der Hand.

„Ist das Leben nicht schön" jubilierte er. Das legte sich in sein Herz und beflügelte ihn, weiter zu machen. War es die Klarheit der Erkenntnis, die bestimmte Dinge als Last von seiner Seele nahmen, oder war es eine Erleichterung durch das Aufarbeiten von Erlebnissen, die sein Leben geprägt hatten? Egal, es war an der Zeit, sich ganz tief in das Lebensgefühl, in das Licht seines Lebens fallen zu lassen. Er spürte die immer wieder verlorene, aber nicht unbekannte Leichtigkeit, so wie es auf der Bühne war, wenn er spielen konnte. Bilder waren in ihm hochgekommen, sie zeigten ihn als jungen Mann, aber sie waren in Windeseile wieder verschwunden. Er hatte Glücksgefühle in sich, intensiver als die, welche er erlebt hatte. Wie schön war es ohne Erinnerung an Angst, Leid, Entbehrung und mangelnde Liebe zurückzublicken. Der Druck hatte nachgelassen, war aber lange noch nicht weg. Im Rückblick lagen nur noch schön empfundene Momente voller Liebe, Zufriedenheit und Glück. Hier erkannte August schon Licht. Er kam dem Licht immer näher. Er stellte auch fest, dass er viel weniger Kraft brauchte, um Geschwindigkeit aufzunehmen als der kleine Junge von früher. Es war für ihn leichter geworden, denn er hatte Last abgeworfen.

Er wurde wie von einem Magneten angezogen und wieder freigegeben. Er war in ein Kraftfeld geraten und hatte seine Selbstständigkeit verloren. Man führte ihn jetzt.

August schloss die Augen und sah sie alle vor sich stehen. Da war seine Großmutter, seine Mutter, sein Vater, sein Adoptivvater, seine Frau, sein Sohn, seine Geliebte und viele Menschen, die für ihn von Bedeutung waren. Die Lebenden verschwanden sogleich wieder, die Toten wurden deutlicher und traten nach vorne. Die Verschwundenen waren wohl die, welche noch betrachtet werden mussten. Sein Unwohlsein schien nicht mehr vorhanden.

Eine Lust kam in ihm auf, der Rest seines Lebens sollte Revue passieren. Als Freude konnte er diese Begierde dennoch nicht bezeichnen, es war eher das Verlangen, die Dinge des Lebens zum Abschluss zu bringen.

Er wollte jetzt in das vor ihm liegende, unglaublich scheinende und glänzende Licht eintreten und alles, was in der Dunkelheit lag zurücklassen.

Alles schien einer höheren Ordnung zu unterliegen. Punkt für Punkt wurde das Leben hervorgeholt, um es dann als erledigt abzulegen. Was war das für eine wunderbare Vorstellung. Der Mensch machte Tabula Rasa mit all dem, was er angestellt hatte. August spürte jetzt ganz deutlich, es wurde verziehen und letztendlich auch vergeben. Hier wurde alles hervorgeholt, alles interpretiert, jedoch nicht bewertet, alles ad acta gelegt. Die Bilanz zwischen Gut und Böse war auf dem Weg sich auszugleichen.

Das machte August fast schmerzfrei und schon so gut wie glücklich.

33 Vaters Tod

Fred Reruem war ein immer kerngesunder Mann gewesen. Ihn zeichneten seine Intelligenz, sein Pragmatismus, sein ehrenwerter Charakter und seine Standhaftigkeit aus. Er war ein lebensfroher Mensch, kontaktfreudig, bodenständig, voller Schabernack und ein begnadeter Schachspieler, der es in einigen Vereinen bis ans erste Brett gebracht hatte. Seine großartigen Kenntnisse der Statik machten ihn bundesweit zu einem geschätzten Ingenieur, der mit innovativen Konstruktionen die Fachwelt verblüffte. Spannbeton, Stahlbeton, Holz- und Stahlbau waren seine Leidenschaft. Viele Bauten, auch die der öffentlichen Hand zeigen noch heute sein Können. Er veröffentliche Tabellenbücher in einer Zeit, die noch keinen Computer kannte. Dadurch wurde allen Ingenieuren die Arbeit stark erleichtert.

Doch dann erkrankte er an Alzheimer, verbunden mit Parkinson. Es war ein schleichender Prozess, der anfänglich kaum wahrnehmbar war. Da er zu August ein väterliches Verhältnis pflegte, äußerte er sich ihm gegenüber manchmal mit folgenden Worten: „Ich habe das Gefühl in meinem Kopf sind schwarze Löcher!" August nahm zwar wahr, dass sein Vater nicht mehr in der Lage war zu rezitieren, aber diese Formulierung erschreckte ihn trotzdem. Kurz danach begann sein Vater, seine rechte Hand in der Hosentasche zu verstecken. Dieses Verhalten verblüffte die Umwelt, hatte er doch immer einen ausgeprägten Bewegungsdrang. August beobachtete ihn weiterhin und stellte ein starkes Zittern der rechten Hand fest. Fred suchte Ärzte auf, und alle kamen zu dem gleichen Ergebnis: Alzheimer gepaart mit Parkinson!

Ab diesem Zeitpunkt versuchte Fred mit körperlichen, waghalsigen Arbeiten an seinem Haus die Erkrankung zu ignorieren. Oft stand er auf nicht standfesten Gerüsten, die er selbst gebaut hatte, um einer Renovierungsarbeit nach zu gehen. Beim Spazierengehen verlief er sich oft und fand nur mühsam nach Hause. Der lebenslustige Mann war verstummt und sprach kaum noch. Er lebte in einer eigenen Welt.

Hier wurde August klar, dass er handeln musste. Er hatte eine Gärtnerwohnung in seinem Haus. Die wurde sofort entmietet. August besorgte den Mietern eine neue Wohnung in unmittelbarer Nähe. Dann ließ er nach seinen Entwürfen die Wohnung behindertengerecht ausbauen, holte Möbel aus dem Haus der Eltern und richtete die Wohnung damit ein. Bis heute versteht niemand, wie er das in nur drei Monaten alles bewerkstelligte. Im Frühjahr war der Umzug nach Köln, und sein Vater erlebte noch einen wunderschönen Sommer mit seinen Kindern. KN suchte ihn, wenn er verschwunden war, August spielte Schach mit ihm, ließ ihn gewinnen, damit er sich an früher erinnerte. Seine Ehefrau forderte ihn auf, Leistung zu erbringen. So musste er unter anderem einkaufen gehen, eine, für ihn nicht mehr zu lösende Aufgabe. Er wusste zu diesem Zeitpunkt nicht welche Dinge es waren, die er kaufen sollte. Zuordnungen zu Begriffen des täglichen Lebens waren im schwarzen Loch des Kopfes verschwunden.

Stunden verbrachte er im Supermarkt, ohne zu wissen, was er da sollte. KN fing ihn dort ein und brachte ihn liebevoll nach Hause.

Helene litt in dieser Zeit und zeigte das jedem. Menschen wurden eingeladen, um den Ehemann vorzuführen, der auch von den Gesichtszügen her ein immer stärker werdendes Kinderaussehen bekommen hatte. Helene ließ sich bemitleiden und wieder einmal feiern. „Nicht das auch noch!" Das waren immer wieder Worte, die der Besuch zurückließ. August hatte einen Pflegedienst eingeschaltet, weil die Mutter nur in ihrem Leid lebte und sich kranker darstellte als ihren Mann. Alles andere überließ sie dem Sohn und der Schwiegertochter.

Irgendwann, im Frühjahr des folgenden Jahres war Fred nicht mehr zuhause zu betreuen. August und KN suchten ein Pflegeheim, und das gestaltete sich als sehr schwierig. Helene lag tagelang im Bett und ließ sich mitversorgen. Ihre Worte waren: „Ich kann nicht mehr." Von hier aus telefonierte sie den ganzen Tag, um der Umwelt ihr großes Leid zu verkünden.

Durch den Bekanntheitsgrad von August meldete sich ein Pflegeheim und bot Platz für den Vater an. Es war ein Heim, dass August und KN besichtigt hatten, aber auch hier erhielten sie eine Absage mit dem Hinweis die Warteliste sei lang. Das Heim war absolut favorisiert bei den

Suchenden. August war der Heimleitung unendlich dankbar, dass hier die Möglichkeit zur Unterbringung des Vaters möglich war. Hier war er in den allerbesten Händen.

Mittlerweile war das Sprachzentrum im Gehirn stark angegriffen, und es kamen nur noch undefinierbare Laute nach außen.

August war täglich bei seinem Vater im Heim und auch KN besuchte ihn sooft sie konnte. Nur seine Ehefrau hielt sich zurück. Wenn sie dann einmal auftauchte waren das Auftritte, die die anderen Verwandten der Stationsbewohner über die Fabriken und ihr edles Geblüt informierten. Sie merkte schnell, dass das hier niemanden interessierte, und deshalb kam sie nicht mehr. Ihre Begründung lautete natürlich: „Ich möchte ihn so in Erinnerung behalten wie er in unseren glücklichen Jahren war!"

Augusts Vater verstarb in Augusts Armen im Sommer 2003, nachdem er über zwei Jahre im Pflegeheim gelebt hatte.

Die Beerdigung wurde von seiner Ehefrau als Event ausgerichtet. Mittelpunkt war sie, die trauernde Witwe, die bis zum Ende aufopferungsvoll ihrem kranken Mann zur Seite gestanden hatte. KN und August mussten alles arrangieren.

34 AUSZUG SOHN

Durch den Nießbrauch verfügte Augusts Mutter über etliche Wohnungen. Eine freigewordene Wohnung überließ sie ihrem Enkel. August baute die Küche selbst ein; die restlichen Möbel schenkten KN und August noch dazu. Es war nicht einfach, den Sohn so ziehen zu lassen, weil er noch immer nicht sein Examen als Jurist gemacht hatte. Sein Studium dauerte schon über 20 Semester und näherte sich, um mit Jahren zu operieren, eineinhalb Jahrzehnten. Er hatte sich mittlerweile alle Eigenschaften der Großmutter zu eigen gemacht, die alleine von ihm als Gönnerin angesehen wurde. Die Eltern selbst wurden von ihm wie folgt beurteilt und eingeordnet. „Ihr seid die Eltern und habt folglich für mich zu sorgen!" Egal, was die Eltern auch für ihn machten, es war eine Pflichtkür. Nur Großmutter war die Vertraute und Gönnerin. Wenn er dann mal wieder durch ein Examen fiel, waren es nicht er, sondern die ihn hassenden Professoren oder sein ‚zu hohes Wissen'!

August und KN wurden fast verrückt, hatten doch beide eine akademische Ausbildung absolviert und noch nie gehört, dass man wegen zu viel Wissen ein Examen wiederholen musste.

Die Großmutter hatte natürlich dafür Verständnis und hielt August seine zwei Wiederholungssemester vor, die sein Studium ihm zusätzlich abverlangt hatte. Die Gründe dafür verschwieg sie aber geflissentlich.

Jedes Examen machte Michael zweimal, selbst den Fachanwalt musste er zweimal examinieren.

August besorgte ihm eine Stellung als Anwalt in einer Strafrechtskanzlei eines Prominentenanwalts. Mit dem war vereinbart, dass er dort umsonst arbeitete um, nach Erlernen des Fachgebietes, eine Niederlassung in Hamburg zu leiten. Dafür setzte der Staranwalt 2 Jahre an. Als er nach einem Jahr und 6 Monaten für die Betreuung zum Fachanwalt 30.000 Euro verlangte, kam Michael zu seinen Eltern und verlangte diese Summe. August rechnete ihm vor, dass er bis heute alles bezahlt und finanziert habe, samt Auto, Lebenshaltungskosten und Sonderleistungen. Man könne jedoch folgenden Kompromiss schließen: Einmalige Zahlung von 30.000 Euro, und dann wäre Schluss mit jedweder finanziellen Unterstützung. Der Mann war Mitte 30. Er sollte sich aber überlegen ob dieser Staranwalt die richtige Kanzlei wäre oder ob man nicht selbst etwas in Richtung eigene Kanzlei unternehmen sollte. Seine Examensnoten würden ein bezahltes Beschäftigungsverhältnis verhindern, schlecht wie sie waren. Er stieg in eine Bürogemeinschaft mit ein, die Eltern zahlten die Möbel und den Computer.

Großmutter hetzte aber im Hintergrund mit der Aussage, sie habe alles bezahlt. August stellte das aber vor seiner Familie klar, was Großmutter und Sohn kommentarlos hinnahmen.

35 AUGUST

August hatte die Hände auf der Bettdecke liegen, spürte sie aber nicht mehr. Auch konnte er kaum seinen Atem spüren. Längst waren ihm die Tränen ausgegangen, ebenso die Kraft sich bemerkbar zu machen. Er starrte nur in etwas Helles. Das war aber noch nicht nahe genug, um ihn zu blenden und aufzusaugen. Er glaubte aber, einen Sog zu spüren.

36 HERZ OP

August hatte Magenschmerzen und ließ sich untersuchen. Keine Befunde kamen von den Ärzten, die die Schmerzen hätten erklären können. Einem Hinweis, auch das Herz beim Kardiologen testen zu lassen, nahm er wahr. Es folgte eine Bypass OP zur Lebensverlängerung. 4 Bypässe wurden im April gesetzt. Im Oktober folgten noch 2 Stents. August war geschwächt wie noch nie in seinem Leben. Was war mit ihm passiert? Nie eine Krankheit, immer aktiv, Theater gespielt, selbst wenn er im Liegen dort hingefahren werden musste. Er wollte arbeiten, trainieren, er musste wieder spielen. Es folgte eine anstrengende aber Erfolg bringende Zeit. Er konnte wieder spielen, nahm wieder eine Serienrolle an. Auch gipfelte seine Berufung mit einem Kino Dreh unter anderem in den Cinecitta Studios in Rom. Ein Regisseur vom Kaliber eines Steven Spielbergs in Amerika, führte Regie und hatte ihn angefordert. Er war die Nummer 1 auf dem europäischen Kontinent. Das machte ihn stolz.

Nur die Herz OP hatte sich damals in seinem Inneren festgesetzt. Der Gedanke durch eine Herz-Lungen-Maschine gelebt zu haben, machte ihm zu schaffen. Die Vorstellung, dass dieser Apparat seinen abgelegten und abgestellten Körper am Leben hielt, beeinflusste sein Denken. Er brauchte lange, um wieder sein Schaukelerlebnis wirken lassen zu können. Ein Herzinfarkt brachte ihm zwei neue Stents.

Seine Mutter wie auch sein Sohn interessierte diese Malaise so gut wie gar nicht. Michael ließ sich in der ganzen Zeit, die fast ein Jahr dauerte, nur dreimal sehen. Das waren Pflichtbesuche, mehr nicht. Seine Mutter ging sogar so weit zu behaupten, August hätte nichts am Herzen, denn das läge nicht in der Familie. Die Operation wäre nur erfolgt, weil die Ärzte Geld verdienen wollten. Was ging nur in Sohn und Mutter vor? August hatte sein Leben lang versucht rechtschaffend und liebevoll der Familie Gutes zu tun. Die Einzige, die zu ihm hielt, war KN. Sie unterstützte ihn in allen Dingen, um ein Weiterleben zu verschönern und es lebenswert zu machen. Sein Sohn erschien nur, wenn er etwas brauchte. Die Mutter residierte in der Einliegerwohnung und benutzte August samt KN als Domestiken.

37 AUSZUG MUTTER

Der gemeinsame Hund starb, und wurde von August und KN zum Einschläfern gebracht. Das war an einem Sonntag. Als die Beiden ohne Hund zurückkehrten, lagen zu Großmutters Füßen Sohn Michael auf der einen Seite und auf der anderen seine damalige Lebensgefährtin, eine Polin. Großmutter schluchzte wieder einmal trocken und ließ sich von dem Enkel und seiner Freundin trösten. Kein Wort des Trostes ging an die Eltern. Sie hatten nur eine Aufgabe erfüllt, für die sie zuständig waren.

Nach mehreren Stunden verließen die jungen Leute das Haus und ließen die Eltern mit der Großmutter zurück.

Voller Trauer begann die neue Woche und lief wie immer ab. KN kochte für alle, und Mutter gesellte sich täglich zur Essenszeit an den gemeinsamen Tisch. Dabei stellte sie jeden Tag immer die gleiche Frage: „Haben wir etwas von unserem Kind gehört?" Die Antwort von August und KN war stets ein Nein. So verging eine qualvolle Trauerwoche. Als samstags die Sonne schien und das Wetter auch für weitere Tage als hervorragend prognostiziert wurde, entschloss sich August ans Meer zu fahren, um dort Abstand zum Tod des Hundes zu erlangen. KN war sofort einverstanden und legte schon die Sachen für die Reise zurecht. August ging in die Einliegerwohnung zu seiner Mutter, um sie zu fragen, ob sie mitkommen wollte. Auch sie war sofort einverstanden. August holte ihr den Koffer aus dem Keller und bat sie beim Herausgehen Michael nicht mitzuteilen, dass man verreiste. Als Begründung sagte er: „Dann sieht der mal, was es heißt, eine Woche kein Lebenszeichen zu erhalten, gerade in einer Zeit, in der man kolossal litt, ob des Verlustes von Pauline, dem Dackel.“

Mutter hatte sich schon aufgesetzt und saß verschlafen auf der Bettkante. „Wieso, ich habe doch täglich mit ihm gesprochen!“ Auf die erstaunte Frage von August: „Was hast Du? Du hast doch täglich gefragt, ob wir etwas von unserem Kind gehört hätten!“ reagierte sie mit folgenden Worten: „Ich kann immer mit meinem Enkel sprechen, wann immer ich will!“ August entgegnete mit der Frage: „Warum belügst du uns so?“ Ihre Antwort kam direkt: „Weil deine Frau so intrigant ist! Das hat schon mein verstorbener Mann gesagt!“ August war sprachlos. Als er sich halbwegs gefangen hatte, verlangte er von seiner Mutter diese Aussage vor KN zu wiederholen und rief sie in die Einliegerwohnung. KN kam und fragte, was los sei. August forderte nun seine Mutter auf zu wiederholen, was sie eben gesagt hatte. Sie wiederholte das mit bösem Blick und entgegnete KN auf die Frage nach einem Beispiel zu ihrer Behauptung mit: „Fällt mir jetzt nichts ein, aber so warst Du immer!“ KN verließ das Schlafzimmer und August sah seine Mutter an: „Ich erkenne an, dass du meine Mutter bist, aber nun ist ein Zeitpunkt erreicht, der es uns nahelegt, uns zu trennen. Ich darf dich bitten, so schnell wie möglich eine neue Unterkunft zu suchen, denn ein Zusammenleben unter einem Dach hast du unmöglich gemacht." Sie reagierte sofort: „Ich wollte sowieso ausziehen, mich in eine Residenz begeben, musste aber wegen des Hundes hierbleiben. August sah sie an und meinte absolut ruhig: „Fein, dass Du die Katze aus dem Sack gelassen hast. Sei doch so gut und ziehe in der Zeit der Residenzsuche in ein Hotel. Glaube mir, ich kann dich nicht mehr sehen, geschweige denn ertragen!" Daraufhin nahm August den Koffer und verließ die Wohnung. Die Verbindungstür zur Einliegerwohnung schloss er ab. Aus der Wohnung hörte er das unflätiges Geschrei einer Wahnsinnigen.

Natürlich konnten August und KN nicht ans Meer fahren. Sie verließen aber das Haus und kehrten erst spät nachts zurück.

Am nächsten Tag stand ihr Sohn vor der Tür. Er verlangte die Herausgabe bestimmter Sachen im Auftrag der Großmutter. Auf die Frage, ob er wisse, was passiert wäre, kam die Antwort: „Darüber rede ich nicht mit euch!"

Seit diesem Tag verkehrte er nur noch anwaltlich mit seinen Eltern.

Augusts Mutter zog zwei Monate später in eine Residenz nahe Kölns. Bis dahin mussten August und KN täglich verbale Ausbrüche der schlimmsten Art ertragen. Mutter tobte einer Wahnsinnigen gleich durch die Wohnung.

Direkt nach dem Tag der Aufforderung zum Auszug, begann Helene alle Welt telefonisch über die undankbaren, brutalen, rücksichtslosen und Mutter verachtenden Kinder zu informieren. Da sie über alle Telefonnummern verfügte, wurden selbst die Freunde und Bekannten von August und KN nicht ausgelassen. Hierbei benutzte sie wieder das ein Leben lang praktizierte Muster: „Bei Nacht und Nebel hat mich mein Sohn mit seiner Frau, im Nachthemd nach draußen auf die Straße in die Kälte getrieben und mich dort alleine frierend zurückgelassen. Dann haben sie mich bestohlen und verprassen jetzt mein Vermögen."

Weitere Geschichten tat August sofort ab. Das wollte er nicht noch einmal durchleben. Eine Frau, der er sein ganzes Leben zur Seite stand, verleumdete ihn und seine Frau derart infam, dass er auf seinem Bettlager mobil zu werden glaubte. Ihm schien es, als würden Kräfte zurückkehren, die ihn dazu bringen würden, mit seiner Mutter abzurechnen. Gleichzeitig beruhigte er sich aber wieder, weil ihm das Attest vor Augen erschien, auf dem stand, dass seine Mutter paranoid schizophren wäre. Dieses Attest hatte er auch seinem Sohn übergeben, der seit jener Zeit für ihre Belange zuständig war. August erkannte, dass jeder weitere Gedanke an diese Frau verschwendet war, sie war krank und konnte nicht mit normalen Maßstäben beurteilt gar behandelt werden. Das befreite ihn und sie von Vorwürfen und machte ihn leicht und fast schmerzfrei.

38 LETZTE BEFREIUNG

August nahm sein Schlafzimmer kaum noch wahr. Er sah die Schaukel, aber keine Person darauf. Die Erinnerung ließ ihn fast los, wäre da nicht das qualvolle Erleben von Verständnissuche gewesen, was seinen Sohn betraf. KN litt wie ein Tier unter der Trennung. Ihre ganze Mutterliebe war als Last wie ein Koloss in ihrem Herzen eingeschlossen, und konnte auch durch viele Tränen und Gespräche mit August nicht aufgelöst werden. Viele Versuche ihrerseits, wieder Kontakt mit ihrem Kind aufzunehmen, schlugen fehl. Immer wieder rannte sie gegen eine nicht zu zerstörende Wand. Michael heiratete, wurde Vater eines Sohnes und betreibt nach wie vor eine Anwaltskanzlei. Seine Eltern hat er ad acta gelegt und nie den Mut aufgebracht, eine Erklärung abzugeben.
August sah gegen die Decke. Er erkannte seinen Sohn und wusste sofort, dass er es mit einem Menschen zu tun hat, der voller Minderwertigkeitskomplexe ist. Vielleicht lag es an seinen Eltern, die Mutter eine erfolgreiche Lehrerin, der Vater ein erfolgreicher Manager und Schauspieler. Als Autor und Regisseur agierte er ebenfalls

erfolgreich. Das zum Maßstab zu machen, lag den Eltern fern. Das machten und wollten sie nie.

Aber möglicherweise versuchte Michael, ihnen nachzueifern und erlitt Schiffbruch. Der muss so heftig gewesen sein, dass er nicht mehr den Weg fand, mit rationalen Mitteln gleichzuziehen. Die emotionale Kränkung „es nicht zu schaffen", eine Großmutter, die das nicht erkannte und sein Leiden nur noch mehr förderte, taten den Rest. Schade für so einen begabten, intelligenten Menschen, der es nicht schaffte, die Kurve zu kriegen. August und KN erinnern sich mit Freude an einen kleinen Jungen, der voller Tatendrang, Lust am Leben und Wissensdurst die ersten Lebensjahre verbrachte. Durch die Großmutter wurde er in eine Richtung gedrängt, die ihn von der normalen Entwicklung wegführte in ein von Neid, Hass und Selbstüberschätzung gesteuertes Leben. August und KN hatten keine Chance das auszugleichen. Trotz aller erlebten und zugefügten Verletzungen, durch Lügen in die Welt gesetzt, sagen beide heute voller Stolz: Das ist unser Sohn!

Vielleicht hätten sie früher die kranke Mutter ausschalten müssen, aber dann hätten sie auch den Opa getroffen, der alles, nur das nicht verdient hätte. August sagte sich immer noch das Bild seines Sohnes über sich sehend: Wir haben alles für dich getan, mehr ging nicht! Damit verschwand das Bild über ihm.

39 SCHAUKEL

August lag nun schmerzfrei in seinem Bett. Er sah die leere Schaukel, die leicht vom Wind bewegt wurde. Sich im Bett abstützend, setzte er sich auf, zog den Schlafanzug zurecht und stand auf. Kurz prüfte er sein Gesicht, Tränen waren nicht zugelassen. Dann ging er hoch erhobenen Hauptes zur Schaukel. Er setzte sich voller Elan und mit großer Freude hin und kam auch gleich in Schwung. Er stellte aber fest, nicht seine Beine waren es, die versuchten Fahrt zu machen, eine andere Macht brachte ihn in Bewegung. Diese Kraft war so stark, dass er im Nullkommanichts Schnelligkeit erlangte und nach oben katapultiert wurde, ohne zu begreifen das das gleißende Licht der Sonne ihn anzog. Zurück blieb eine leere Schaukel, die sich langsam in die Ruhe pendelte. Es war 23:35 Uhr.

Wir haben uns für die Kunst entschieden.
Genießen Sie die Zeit und das Leben!

Johann Sebastian Bach sagte:
Wem die Kunst das Leben ist
dessen Leben ist eine große Kunst.

ISBN 978-3-7386-5149-2

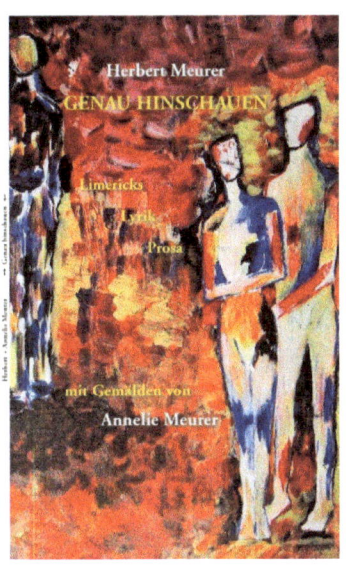

Herbert Meurer

GENAU HINSCHAUEN

Limericks
Erotik
Prosa

mit Gemälden von
Annelie Meurer

Mit Schwung und Humor beschreibt der Schauspieler und Regisseur Herbert Meurer die Realität, die den Patienten heute erwartet. Es ist seine Absicht die Menschen zu sensibilisieren denn viel zu leicht lässt man sich durch sogenannte Autoritäten in die Irre führen. Überprüfe, was man Dir erzählt! Höre auf Dein Herz!

Die Wahrheit ist oft schwer zu finen, und darunter leidet man am meisten. Vertrauen ist unbedingt erforderlich, es geht nicht ohne. Kontrolle muss sein, immer und immer wieder, sonst verlierst Du! Gesundheit ist das Wichtigste. Mediziner, Politiker, Versicherer und Pharmahersteller zeigen Dir vehement, wie sehr sie sich für diese, Deine Gesundheit einsetzen. Egal ob es Dich trifft, Du bist immer Mittel zum Zweck, Du bist die Einnahmequelle. Deshalb sei wachsam und ermittle am Tatort, wenn es heißt:
Auf die Patienten fertig los!

Es gibt viele Tatorte. Wer wachsam ist, der finet sie auch.

ISBN 978 384 236 4943

9 783842 364943

Herbert Meurer

Auf die Patienten fertig los!

Tatort Arztpraxis

204